从未这样靠近你

李清谷 著

江苏大学出版社
JIANGSU UNIVERSITY PRESS
镇江

图书在版编目(CIP)数据

从未这样靠近你 / 李清谷著. —镇江:江苏大学出版社,2017.5
ISBN 978-7-5684-0480-8

Ⅰ.①从… Ⅱ.①李… Ⅲ.①随笔—作品集—中国—当代 Ⅳ.①I267.1

中国版本图书馆 CIP 数据核字(2017)第 107490 号

从未这样靠近你

Congwei Zheyang Kaojin Ni

著　　者/李清谷
责任编辑/周凯婷　米小鸽
出版发行/江苏大学出版社
地　　址/江苏省镇江市梦溪园巷 30 号(邮编:212003)
电　　话/0511-84446464(传真)
网　　址/http://press.ujs.edu.cn
排　　版/镇江文苑制版印刷有限责任公司
印　　刷/江苏凤凰数码印务有限公司
开　　本/890 mm×1 240 mm　1/32
印　　张/7.125
字　　数/160 千字
版　　次/2017 年 5 月第 1 版　2017 年 5 月第 1 次印刷
书　　号/ISBN 978-7-5684-0480-8
定　　价/38.00 元

十年谣

自序

这一年我十九岁，在二十岁来临之前，我要给自己留下让我一生都会感动的东西——一本随笔集。

人们总是习惯性地以十年作为一个阶段来划分人生，人的一生其实并没有几个十年。我懵懂无知地走过了人生的第一个十年，并相对带有自觉意识地慢慢走过第二个十年，我的青春已接近尾声，与之伴随的，是关于它的记忆也在一点一点地流失。我深知，许多东西以后我再也不会去写了，恐怕也写不出了，就像年逾花甲的人再也不可能写出青春年少的心态一样。所以，二十岁来临之前，我要把自己的感受全部写下来，许多年以后，也许我会为看清了自己一路走来跌跌撞撞的成长轨迹和我今后的命运而感到欣慰。

然而在此之前，我并没有想这么多，在我还没有意识到的时候，所有写下的，不过是散乱地搁浅在记忆的海滩上，各自独立地代表着那段时光中的我自己。二十岁的前夕，我突然想要把它们整理成一部文集，这个想法愈来愈强烈。我始终记得，最开始的时候我写下的一切都是为了自我疗伤，那时候“文学”离我还很远，我只是单纯地、怀着满腔热情地去写了，写下这些，也从来没想过要去感动谁，所有的文字都是写给我自己，每篇文章的每句话，都深深地烙在我的脑海里。我对自己说，只要你做的这一切能打动你自己就足够了。

再没有什么能够比文字更能见证一个人的成长，我一边写也一边在想，我只有更好地看清了自己才能更好地同这个世界相处。我一边摸索着前行，一边用心感受生活带给我的一切，然后把它们变成我笔下的文字，它们就会在我今后的人生旅途中不断地提醒我，曾经怎样生活，今后应当怎样生活。在我已经过去的两个十年里，我曾迫切地想要知道我到底是谁，这个人们已经争论了几千年的问题是如此困扰着我，它让我痛苦又甜蜜。这是“写”带给我的一切，越写，越糊涂，也越清晰。

而今，在这本十几万字的文集渐成雏形的时候，我开始为它写这篇序。这本书我写得很慢，用了几年的时间来完成它，从青春开始到青春结束。当然它绝不会是一部青春赞歌，因为它记录的，是我那段单薄而微凉的青春岁月中所有的惶惑，我也一直在想，以十几万字为这样一段人生岁月做结，是否真的足够。然而不管怎样，二十岁就要来临，我不想再等了。

这本随笔集是我的成长纪念册，一共分为五辑。第一辑纪念我的小学生活；第二辑怀念我的中学生活；第三辑讲述我行将结束的大学生活；第四辑是无关记忆的杂文；第五辑是几首小诗，用以缅怀我曾经波涛汹涌的心情。关于友情，关于爱情，关于亲情，我所有能够诉说的都记录在这里，这首十年谣已经唱到了最末，也到了该做一个总结的时候。那个迷茫而又惶恐的少年已经渐渐离我远去，他所经历的一切，其实并没有扣人心弦的故事，一切都不过是在一段敏感而又孤独的日子里的自我较量。

我整理并翻看着自己以前写过的所有东西，那是一种夹杂着伤感和喜悦的、只属于我一个人的体验。那么天真的语言，那么单纯的想法，原来那就是曾经的我——试图抵抗一切的我。而今我把它们集合起来，并尽量保持它们的原貌，使它们能够成为我最真实的记忆。

这时候，夏天已经到了尾声，一切的躁动都会慢慢地归于平静。在那么多个寒暑易节的轮回里，我们不过是无意识地面对这一切，然后无意识地成长和老去。然而，依旧有些东西是永恒的。后来，我找到了那块被我放在窗外的鹅卵石，多年的风吹雨打并没有改变它的一丝一毫；也找到了那片被我随手捡起又随手夹进书里的树叶，上面"岁月流香"的字样还依稀可见；我也找到了那个年少的自己，他倔强地迎着风奔跑，而只要他挥动手臂，就一定可以飞起，就像无数次梦里梦到的一样。

"曾有多少春风画卷留住盛世花/记得年年今日烟火满京华/千人万人千里万里送我指间沙/二十八年梦里水月与镜花。"我不知道自己还能写多久，但是总有那么一天，除了那些我一直用笔记录的"不能忘却的记忆"以外，再没有什么值得缅怀，我也终于能够问心无愧并搁笔作罢。但愿那一天能早一点到来，也但愿那天晚一点到来。

李清谷

2016年8月

目录

第一辑

如梦令(一)

一

《我与地坛》这本书一直被我郑重其事地摆在课桌上，在整个枯燥的高中生活里，没有各种事情来打扰的每一个课间、每一节自习，读史铁生的文字成为我消遣时光的方式。我欣赏这位作家，一个人的微笑有多么温暖，他的一生也必然经历过多么大的苦痛，对这一点我深信不疑。让我走到史铁生的面前，或者将他推到我面前的，是一位很久以前教过我的老师，读史铁生的文字令我想起她，这是只属于我一个人的记忆。

她在我上小学四年级的时候来到我们学校，担任我们班的语文老师。她体形略微显胖，长得并不漂亮，却很和善。她站在讲台上为我们朗读《秋天的怀念》时，一群小孩子在座位上昂着小脑袋，认真地听着，她的声音在偌大的教室里飘荡。她朗读时的模样，多年以后也一直深深地烙在我的记忆里。那时窗外的青草香漫过了窗子，白色的窗帘在清风的吹拂下微微摇晃，而她站在窗前，柔和的阳光落满了一身，她的脸庞显得明媚而美好。

为什么双腿残疾以后，“我”的脾气暴怒无常？为什么母亲只敢偷偷地听“我”的动静？为什么母亲总在说要好好活？当我带着疑惑向她投去询问的目光时，她温柔地让我去读《我与地坛》。

那时候我才十岁，而史铁生这位让人敬重的作家也还安好地活在人间。

可年幼的我怎么可能会读得懂呢？后来，随着年岁的增长，我看到了悲欢离合的相继上演，也看到了生命在临刑前的垂死挣扎，终于慢慢体会到她当年欲言又止、曾想向我传达的东西，可是我再也没有见过她。我很怀念她，这位总是给予我很多关照的温柔的老师。

她只教了我一学年，四年级结束的时候便调走了。离别的时候，她告诉我们，童年的时光是最宝贵的，小时候的友情也是最纯粹的，一定要好好珍惜时光。然而那时候的我们，满心只渴望着长大，她曾说过的、被我们抛之脑后的、无比真诚的话语或者箴言，却会用我们随后经历的几多年去慢慢印证——我们的成长之路本来大可不必如此坎坷。

她在我们这群小孩子身上寻找她童年时的记忆，而我们这群小孩子则在她身上寻找成为一个大人的美好，我们都在寻找，并且都给对方留下印记。记得小学快要毕业的时候，我曾经给她去过一封信。那时候她已经去了别的学校任教，而她后来也回了我一封信，可我忘了将它夹在了哪本书里。

小学毕业后，我再也没见过她。

二

四年级的时候，跟她同时来到我们学校任教的还有两位大学毕业生，其中一位去教了隔壁班的语文课，另一位来我们班教数学课。数学老师是一位帅气的男老师，高高的鼻梁，炯炯有神的眼睛。这位同样温柔的老师常常奈何不了我们的淘气，当他激动的时候，他涨红着脸说不出一句话，然后就看着我们在课堂上闹，直到我们自己都觉得闹腾得过分了慢慢安静下来，他才摆摆手继续上课。他曾经教过我打乒乓球，也教过我一段时间的国画，他还会带领学生制作风筝。大家都很喜欢这位朝气蓬勃的青年老师。

据说他喜欢上了那位与他同来的隔壁班的语文老师。“他和她凑在一块儿说悄悄话啦”“他俩在一块儿散步啦”“他送给她礼物啦”，数不清的各色传言在我们这群无比好奇的小孩子之间迅速传播，以至于一上他的课，大家都在台下偷偷地笑。他问我们在笑啥，我们神气地摇摇头不说话，我们不能揭穿他的小秘密。然而，当我们都坚定地以为他们两个最后一定会走到一起，并且向班主任打探的时候，班主任呵呵一笑，说：“你们的小脑袋瓜整天瞎想什么，隔壁班语文老师早就有男朋友了，都快要结婚了。”一瞬间班里铺天盖地的叹气声，我们都为数学老师感到惋惜。那时我们都天真地以为生活会像电影一样，帅哥美女最后总是要在一起的。

他只给我们上了不到一个月的课就调走了。他走的那天来跟大家告别，几乎所有人都哭得稀里哗啦，但是我的同桌没有哭，受她的感染，我也没有哭。那天放学的时候大家都把自己的数学课本放在讲台上，请他为每个人写临别赠言，第二天我的数学课本上就多了这样一句话——相信自己是最棒的。

我想如果不是因为这句话，我大概就会像忘记其他老师一样自然而然地忘记他，短短的一个月，这是他唯一能够留给我，并且一直沉淀在我的生命里的东西。我不知道他是否在那时就已经看透了我生命中那一点软弱的东西，所以才这样鼓励我。

三

直到今天，我还是不能够找出一个准确的词来形容我那时的同桌，也同样不能找出一个准确的词来形容她给我的印象。我们只是小学同学，一段并没有多么深入交往的情谊本该随着时间的流逝而默默湮没在记忆里。然而事实上，毋庸讳言，我还是会时常梦见她，哪怕她的模样、声音我都已经快要记不起——她好像变成了一个遥远的印象或者符号。

我们是因为成为同桌才慢慢熟络起来的。她是个安静的、并不活跃的女孩子，也是我无论学习还是写作都在默默与之较劲的对手。成为同桌以后我们时常交换文章看，她往往只是很随意地对我说“你文笔挺好的”，而自尊心作祟的我也常常以“你文笔也不错”回应她。

也许她并不像表面看起来那样安生。例如，她常常会把铅笔盒里的所有笔塞到袖口里，然后让我猜她把笔藏到哪里去了；她也会在上课的时候走一会儿神，然后突然对我说“你有没有发现每一个字都是越看越奇怪”；她还会跟我比看谁作业写得快，看谁画漫画人物画得丑；上最无聊的品德与社会课，她会很认真地描那些漫画人物的边框，我也会跟着描。

有一天，我看到她趴在桌子上，一边笑得喘不过气，一边用力捶胸口，就好奇地问她没事儿吧。她翻开新发下来的课本，指着李清照的《如梦令》对我说：“沉醉不知归路……惊起一滩鸥鹭，哈哈哈哈……”后来，每当我读到李清照的这首小令，眼前便会浮现出她笑得无比灿烂的模样。

自从一起被老师点名担任英语课代表，班里就开始谣传我们在谈恋爱，一群小孩子对谈恋爱这件事有着无比浓厚的探究兴趣。我清楚地记得，有一天收作业，不知道是谁突然大喊道：“小明，快问问你老婆作业收好没？”我猛地呆住了，班里一刹那鸦雀无声，因为语文老师就站在教室门口，而我同桌听到这句话的第一反应是埋下头冲着我笑了。只见语文老师若无其事地走进教室，嘿嘿一笑，说：“你们小屁孩都懂什么。”

有一次，我一个人去英语老师办公室抱作业。一个年轻的老师过来问我：“跟你一块儿的那个小女孩怎么没来？”我说：“她今天没来上课。”走出办公室后，我听见年轻老师调侃我们班的任课老师，说：“你们班的那一对不错嘛。”

其实我们并没有谈恋爱。

我们做同桌的时日并没有多久，只有短暂的一个学期，以后就很少再有交流。那毕竟是一个网络还没有普及的时代，况且无论是她还是我，都是不太擅长主动的。有一次因为出板报，我和她都留校很晚才走。我们一起走出教室，走出教学楼，走过操场，最后一起走出校门。夜幕四垂，我们都一直沉默着没有说话，甚至在分手的路口连一句必要的再见都没有说，就各自朝着归家的方向走去。

直到今天，我才发现，那天晚上一起走出学校的那段短短的路程，仿佛已经预示了我和她今后的关系——我们沉默着行走在自己的路上，不再说话，各自走上自己的人生轨迹，从此我们的生活再无交集。

后来，我曾遇到我的一位小学同学，他对我说：“上小学那会儿，我觉得你们两个特别般配，可你们最后还是没有在一起。”同学的话让我想起很多过去的事情，我想，生活不是电视剧，没有那么多的巧合，更何况那时候我们都那么年幼，对于喜欢，对于爱情,我们到底懂什么呢?时至今日,我们已经很少再有联系。可即便如此,我依旧记得很多事情:第一次大家坐在食堂里吃饭,她嘴里含着一大团米饭冲着我笑;第一次大家一起看电影,我却和她偷偷跑出来寻找上一节课她遗失在草地上的钢笔……

如梦令（二）

写下这篇文章的时间是高中毕业那年的暑假。文章中回忆的人物，是我在小学时候就已经遇到的，而今已经过去七年多的时间，虽然记忆难免遗漏，但我还是努力地尝试去复原一些事情——那些与文中人物有关的事情。毕竟人的一生那么长，我们总会不由自主地遗忘，所以我写下这些东西，并提醒自己，永远不要忘记他们，就算哪一天真的忘记了，我也可以读着自己的文字把一些东西重新想起。

文中讲述了三个人，三个曾经影响过我如今却已经没有联系的人。也许是因为很多本来值得被讲述的东西都已经融入了日常生活的每一天，所以当我眺望过去时，很多东西都变得朦朦胧胧、模模糊糊。我突然发现，关于他们，我所能够写下的其实只有少得可怜的一部分，因为关于他们的记忆也只有少得可怜的一部分，尽管我口口声声地说他们给我留下了很深刻的印象。

教我们时间最短、给我们上数学课的那位年轻的男老师，其实后来我又遇见了他，那时我已经上初三。我知道他后来教初中部，也知道合校以后他来到了我所在的学校，但没想到他竟然会来给我们上课，而且上的是美术课。原来他已经成为一名美术老师。这一次他教我的这段时间同样很短，只有半个学期不到，即便如此，我也没有跟他说过一句话。在那段时刻进行着强烈自我斗争的中学岁月里，我沉默地、自闭地不想与任何人交流。其实，那时候我还是很希望他能认出我的。但是从他望过来的空洞的眼神中，我知道自己已经被彻彻底底地遗忘。

那位我四年级时候的班主任，就像我在前文中描述的那样，从我小学毕业以后我们就真的再也没有见过。刚上初一的时候曾听其他同学说起她，说她后来被调到另一所学校任教，她还向那位同学打听过我的消息，那位同学对她说我过得一直都很好。

还有我那时候的同桌，她可能是在那个懵懂的年纪里最先给我一些什么启发的人。这段关于她的文字我写了很久，我要一边写一边尽量平复自己的心情，因为直到今天我都不知道为什么有时还是会梦见她。这段纠结的，甚至有些难堪的情绪，本该如我所愿，随着时间的流逝而风化消失，然而并没有。但是不管怎样，我还是希望自己在还原一些事情的时候能够尽量保持客观。

小学毕业时我曾向她表达过爱慕之情，而她也明明白白地让其他同学转告我，她是不会接受我的。我的表白导致了她对我的疏远，这一度让我很难过。

几年以后，我问她现在还会写作吗，她说不写了，总感觉词不达意，索性不写了。她又问我还在写吗，我说我也不写了。

我记得她以前问过我，将来有什么梦想。那时候提起“梦想”两个字还不至于让人发笑或者觉得矫情。我信誓旦旦地说：“我想成为一名作家。”我问她，她的梦想是什么。她说，成为作家也是她的梦想，不过她还有更重要的梦想。我问：“那是啥？”她说：“不能告诉你，等将来你就知道了。”

那时我一直都不明白为什么她要等将来才能把自己的梦想

告诉我，直到现在码下这一行行的字，我突然就明白了，实际上不仅是我，任何人她都没有告诉。面对梦想这样宏伟的夙愿，就像生怕坏事会一语成谶，我们也往往会担心好事说出来就会实现不了。当然更重要的是，作为普通人的我们实际上常常无法从容地面对年幼时对自己的期许，例如我突然回忆起自己年幼时竟还有“成为作家”那样虚幻的梦想，这让我倍感羞赧。或者究其根本，是因为我们都缺少面对的勇气——缺少面对过去的勇气，也缺少面对未来的勇气。

不过这些都已经无关紧要了，只是当她问我现在是否还在写作的时候，我告诉她，我也不写了，我已经不再想成为一名作家，我越来越意识到那应当是天才才能发出的宏愿。我骗了她，我一直都在写，我相信她也一直在写，只是那些幼稚却又崇高的梦想让我们都感到有些羞愧，并且难以启齿。

后来她问我为什么一直没有谈恋爱，我说我一个人已经习惯了。我问她有没有男朋友，她说刚刚分手。我问是他追的她吗。她自豪地回答，那当然。我说不如我们在一起吧。她回说不可以。我问她原因。她说，我们二人无论是谁，都已经不再是年少时的样子了。然后她突然说，其实上小学那会儿是喜欢我的。

我告诉她我要走了。她问我去哪儿。我说我们还是少一点联系比较好。我突然想起很久之前那个一起放学回家的夜晚，我们谁都没有说话，就这样走向了各自的生活。这没有什么不好，也没有什么值得惋惜，我们相距越来越远，而我又向来不懂得去维护什么，很多事情都将成为过去，对我而言，无非是继续自己熟悉的生活。既然没有投入过什么感情，也就没有为之伤感的必要，那天晚上我就这样告诉自己。

假期的一天晚上，我去商店买东西，走出商店门口的时候，有一个女孩骑着自行车从我身边匆匆而过。那时候已经是晚上十点多，没有路灯的街道上我看不清任何东西，可是我突然就觉得刚刚过去的那个女孩跟她很像。如果那个女孩真的是她，那么那应该算是我们最后一次见面了。

请用心听，不要说话（一）

“我祈祷拥有一颗透明的心灵/和会流泪的眼睛/给我再去相信的勇气/越过谎言去拥抱你/每当我找不到存在的意义/每当我迷失在黑夜里/夜空中最亮的星/请指引我靠近你”，很长时间以后，我终于像你说的那样，在某一刹那，突然喜欢上了这首歌曲，那时我正戴着耳机穿过一排排粗壮的行道树，踩着满地的碎影，奔向我的下一个路口和遥不可知的未来。

那天晚上，你站在灯光下，轻轻吟唱这首《夜空中最亮的星》，而无边的天空中也刚好是繁星点点。草地上灼得通红的木炭正散发着柔和的光芒，寂静的夜色里我们都围着你不说话，你只是抬头望天，努力地压低嗓子去唱最后那个低音。那时我并不知道，你那原本已消融在无边夜色里的声音会一直飘进我今后的岁月里，并且经久不散，让我每每听到这首歌曲便不可遏制地想起你，并将它一直单曲循环下去。那时你我都已经知晓，要不了多久，我去求学，你去参军，我将南下，你将西行，我们都将离开，谁也不打算留下。

我们相识的时日似乎真的太久了，十五年，还是十六年？久到我都已经记不起第一次见面是怎样滑稽的场面，我想，你也一定记不起。在我们都还没有离开的时候，那样具有纪念意义的时刻那时我们都无心记下，以致若干年后，我回忆往事时会有那么多的遗憾。从此我便开始细心留意身边每一分每一秒的流逝，我想我之所以会对往事有那么清晰的记忆，很大的原因就在于此。

我们从小一起长大。童年时代的无数个夏天，我们咬着冰棒在大街小巷里游荡，追随着天上的白云奔跑，坐在你家屋顶上看夕阳西下。稍微长大一点后，我们站在零下八度的广场上看皑皑白雪，凌晨两点坐在亭子里憧憬着彼此的未来——那是很快就要到来的东西，也是我们都看不清的东西。

长久以来，我都在疑惑，明明你我有着近乎相同的性情，却在走着不一样的路。中学时代结束后，你走出校园，我继续留在象牙塔里；你直面生活的残酷，我继续沉浸在回忆里。很多时候我都觉得，你就像是选择了另一条路的我，我想，对你来说我也是一样的。近乎相同的审美也让我们喜欢上了同一个女孩，随后我们之间有了嫌隙。这我一点都不奇怪，一切都是因为年幼，成长会让我们对一些事情不再那么执着，而我们都有了更重要的事情要去做，直到后来那无须言明的隔阂完全消除，我们的相视一笑间似乎也多了些沧桑的味道。可即便如此，我也从来没觉得我曾真正了解过你，就像你也从来没有真正了解过我。

请不要介意，因为我自己都不了解我自己。

长大后，我才慢慢知道人与人之间的相互理解到底有多么困难，即便是亲近如你我，也不可能洞悉对方的全部所思所想，而你我又都是不善言辞的。

我时常想起高考过后炎炎夏日的很多个夜晚，我们端坐在广场的木凳上，咬着吸管慢慢地啜饮手里的一大杯奶茶，眼前的广场上人声鼎沸，卖小吃和玩具的小贩、跳舞的人群……那些都离我们好近又好远。我用力地看着一切，嗅着一切，听着一切，用力地记下发生的一切。我们就这样静静地躺在光阴的小船中，荡漾在历史的河流上。

若干月后我依旧会怀念那样的时光，所以我一个人捧着奶茶走在金山湖畔，所有的人都来观赏万圣节，我却是来观看观赏万圣节的人们。我站在“奈何桥”上向远方眺望，听见刺耳的尖叫声和着震耳欲聋的音响，看着眼前欢腾着的人群，越发觉得，人们之所以会自发地聚集在一起狂欢，是因为难以忍受心底的孤独，毕竟归属感这种东西，是每个人都渴望得到的。

在我自顾自地这样想着的时候，一个鬼面突然凑到我的面前，我茫然地别过脸去定定地看着他，他大概也觉得无趣，便转身离开了。我说这些，你是否觉得有趣？

还有你我都喜欢的那种面具，那天晚上我转了好久都没有买到。

突然想起在我临走前的那天，我把大家召集在我家里，一伙人迎着微醺的晨光去集市买菜，满载而归后，大家都在我的卧室里摆弄我好不容易弄整齐的书，你却一个人在厨房里择菜，我说要给你拍张照，你很不好意思地笑了，那时要去参军的你刚理了个大光头。我们都知道，青春期的末时代，我们就只能疯狂这一次了。下午一起去唱歌，不知谁点了一首龙井的《归》，这首快歌我们都跟不上，于是一伙人默默地听到了最后，我突然就有了想要落泪的冲动。

后来我追逐着一群又一群人站在 KTV 嘈杂的包厢里，当那首《朋友》响起来的时候，我首先想到的还是你，所有缅怀过往的难过情绪都袭向胸腔，曾经我以为宛若昨日的一切，恍惚间已经隔了这么久。

想来这些话本不必写下，想来一切早已融化在彼此的默契和心有灵犀里，想来我们之间也早已无须再多说什么了。

请用心听，不要说话(二)

我从来不曾了解过他，即便亲密如此。

——题记

一

一个炎炎夏日的夜晚，他突然给我打电话，在电话那边喊着说他想我。那时已是深夜，高考就要来临，我正一个人对着昏暗的灯光计算一道道题目。我接起电话，打量着紧闭的房门，然后低声问他没事吧。我还不太习惯他如此直露地表达感情。过了一会儿，电话那边传来另一个声音，说他喝多了，让我别管他，继续学习。然后电话挂掉了。我沉默良久，给那个我同样熟悉的声音回拨电话，说，晚上别太疯。电话那边说，好的，知道了。

其实并没有什么事，不过是几个朋友在另一个城市聚会，而他酒喝多了有些情绪激动而已。也许等他清醒了就不记得这些了，但是我会记得，尽管那么微不足道。

我始终记得四年前一个周末的下午，那时我还在上高一，和他坐在篮球场上，我说再过两年我就会离开这座城市，他说："我们身处的这座城市不好吗？"我说："不是不好，只是我有着更加向往的地方。”直到今天，我坐在江南的一座小镇里，坐在暖软的春风里，开始无比想念他。那首最后没有唱完的《归》，我们尽量掩饰着自己的情绪，用聆听的方式沉默地告别。突然想起跟他说我要离开的那个下午，他没有告诉我那时候其实他也打算离开了，谁都不想做留下的那个。

二

“升哥”，不知从什么时候开始我们都这样叫他，他却一直都直呼我大名，并不怎么喊我小名。其实已经很少有人再来叫我的小名了，甚至包括我的父母，只是我偶尔会想起那个遥远的字眼，它只与我的童年有关。

我们很早就认识了，然而究竟是怎样熟络起来的我却不记得了。但是我记得最开始的时候他皮肤黝黑，做游戏时常受小朋友嘲笑，后来不知怎么我们熟识了。我去他家玩儿，他母亲打听我名姓，论起来我们两家竟有些亲戚关系，而我的母亲与他的母亲更是年幼时的挚友，如此一来，我们愈发天天泡在一起。

童年那些难以消遣的无聊日子里，正是因为他的存在才变得不那么乏善可陈。他总能发现有趣的东西，也许只是一窝蚂蚁，也许只是一个洞穴，甚至只是一截断掉的树枝。几多个夏天和冬天，我跟着他无所事事地在村子里闲逛，看这座村子还有哪处角落是我们未曾发现的。他是翻墙上树的好手，我也不是什么善茬，几个人整日弄得灰头土脸，他实在会玩儿，胆子又大，几个小伙伴便追随着他消磨了一个又一个白天黑夜。

说起童年的日子，无忧无虑，除了玩还是玩。我的父母向来不甚管束我，而农村的孩子也大多如此。每个冬天的寒冷早晨，我瑟缩着脖子站在他家门口喊他，他家的小黑狗一直冲着我摇尾巴。有次他的母亲打开门后，我悄悄走进去，见他还在睡觉，于是恶作剧地捏住他的鼻子，然后他皱着眉头缩进被窝里，我一把扯掉他的被子，然后哈哈大笑。他艰难地睁开眼睛，一边揉眼一边嘟囔着叫我别这么早来找他。年幼的我们似乎也曾为了几个玻璃球、几张卡片闹过绝交，然而究竟是怎样和好的，没有人知道，也没有人会在乎。那些透明单纯的日子，变成我如今唯一怀恋的时光。

三

用什么来界定一个人开始成长呢？用开始喜欢孤独？用开始懂得维护自己小小的自尊心？用开始有了自己隐秘的心事？他是个早熟的孩子，自然比我更加在乎这些，后来很长一段时间我一直都在思考，我们这些从小一起长大的孩子，在他心里到底是什么样的存在？我们眼中的他与他眼中的我们是否一样呢？

我们小学六年都是同学，甚至做过同桌，他成绩不好，他也一直不怎么在乎。因为作业很少上交，老师时常训斥他，而他闷声闷气地说不出一句话，反正他的性格本来也就是如此，老师所有的怒火，都如同泥牛入海，甚至激不起他内心哪怕一个小小的水泡。然而偏偏我从小学习就很好，也因此他的家人待我与其他小伙伴不同，我们终日玩儿在一起，成绩却各自照旧。

十二岁时的一天，我们走在放学路上，他从口袋里掏出一支自动笔，小声对我说，这是他的前桌送给他的。他的前桌是上学期刚转来的一个女生。我问："她为什么要送给你笔呢？"他说："我自己没有笔用，问前桌女生借，女生就直接送给我了。"他把笔放在手里仔细打量了一番，然后紧紧攥着又放回口袋，继而感慨道："那个女生真是个好人啊。"

很多故事实际上都是从这里开始的，那段天真无邪一起玩耍的童年时光就要过去，不仅仅是对他，对我而言同样如此。那时候看着他满脸都是难以抑制的喜悦，让我忽地有所触动，我突然想起了很多事情。

四

我想起了前不久的一个中午，我忘记了因为什么原因早早地到了教室。教室里还有另外一个男生，我们虽然同班，课下却鲜有私交，那时坐在教室后排的他突然问我："你也喜欢那个女生是吗?"说着他向第一排靠窗的位置瞥了一眼，我顺着他的目光看过去，忽然一下就明白了。我说："我只是比较欣赏她而已。"他说："你可以不要与我争吗?"我说："不可以。"

我也不知道自己当时为什么会不假思索地回答不可以，也许是因为他质问我的语气让我觉得很不舒服，说起来那个女生并不如何突出，他却时常悄悄在她的桌洞里放糖果，我知道他一直喜欢她。也许我只是随口表示过那个女生人挺好，让他误以为我变成了他潜在的情敌，所以他便对我格外戒备，直到那天中午，他按捺不住地想要知道我的想法，而我的回答让他失望极了。

他一边向我走近，一边尴尬地微笑着对我说你太不够朋友了。突然他一把把我抱住，开始我以为他只是在跟我开玩笑，可是当下一秒我看到他的眼睛中忽然露出凶狠的光芒时，我终于明白发生了什么。

决斗的过程并不如何激烈，我稳住了身形，我们又抱在一起互相僵持着，其实他比我强壮些，可是太迟钝，一会儿便被我摔倒在地上，然后我松开了手，他从地上爬起来，拍了拍身上的尘土，失落地走回自己的座位，然后趴在桌子上，哭了。说起来这竟是我第一次、想来也会是唯一的一次为了女生跟人决斗，尽管我赢了，可是后来我越想越觉得没趣，第二天便跑去对那个男生说："我不跟你争就是了，也压根没想和你争。"这件事就这样过去了。

这便是当升哥向我展示他的自动笔时我所想起的事情，当然我不会把这些告诉他，只是轻描淡写地对他说："班里的某个男生，喜欢你的前桌。"他说他知道了。后来他总会与那个男生走在一起，他们整日凑在一起嘀嘀咕咕。

五

更早的时候他给自己的同桌写过一封情书，放在自己的枕头底下。后来有小伙伴去他家玩，无意中翻了出来，这曾让他无比难堪，因为很多年过去后这件事一直被我们反复提起。

那封情书我没有见过，不知道他当时怀着怎样炽热的情绪去写下它，总之他一直没能把它寄出去，也许他曾经打算寄出去过，也许他压根只是写给自己，总之，他努力给自己营造的一个美好的梦境被那个无知的小伙伴给破坏了，而那个女孩最终也没能知道他的心意。

其实，在此之前他对喜欢过的所有女孩大都有着相似的过程，他从来不会追求她们，也不会表现出什么，甚至不会主动靠近。倘若不是在我们年少无知最要好时彼此之间毫无保留地互通心迹，没有人会知道他曾经喜欢过那一个个女孩。所以我也一直以为，他每次喜欢的女孩，都会像是他曾经喜欢过的那些女孩一样，要不了多久他便会不动声色地放弃，但是这次他没有。

有一天，他突然神经兮兮地问我家里有没有辣椒，我问他要辣椒干吗，他冲我嘿嘿一笑，说以后要是他的前桌再欺负他，他就吃辣椒给她看。我说他这是要自虐吗，他说没错。我没有给他辣椒，我只是觉得他展示给我看的暧昧表情让我觉得很不舒服。

总之，他开始有些不一样了，至少他变得活泼起来，他会捉弄自己喜欢的女孩，同时却又慢慢疏远我们这些小伙伴。我知道他是在装模作样，这让人觉得好气又好笑。

六

小学毕业以后，我们直升了本地中学，但是已经不在同一个班里。那时候上学放学我们已经不再一起走，尽管我们两家相距不足百米，尽管他就在我的隔壁班。不管怎么样，他已经离我，以及小伙伴们越来越远了。

后来因为合校的关系，我们同去了另一所寄宿制中学，班级相隔很远，从此更加难以见面。周末的时候我去他家找他，他对着电脑玩游戏，我坐在他旁边看他玩儿。我一下午呵欠连连，有一搭没一搭地与他闲聊，而他只是盯着电脑屏幕不断地重复“又输了，又输了”之类，空气中充斥着无聊和尴尬。

其实在他家的很多个下午都是这样度过的。也许在他眼里我不过是自讨没趣，但那时候我就是那么天真，总希望还能够挽回一点什么。我一直期待着能够有一个机会和他好好谈谈，就像儿时一样，然而没有，我从来没有主动跟他说过我的感受，他也没有，也许他觉得完全没有必要。

我们之间好像忽然就没有了共同话题，所有能够诉说的东西好像在儿时就已经诉说殆尽，面对彼此只是觉得尴尬和无所适从。我一直将他看作我所有童年玩伴中最重要的一个朋友，然而让人伤心的是，他眼中的我可能并非如此。我越想越觉得难过，也越觉得不甘。我用了很长的时间去审视我们各自的成长历程，去揣摩他到底是怎样的一个人，这个儿时的玩伴，他身上到底还有什么是我未曾了解的。

他上小学时追求过的那个女孩，最终还是拒绝了他。被拒绝这件事一定曾让他无比难过，因为从小到大，我从未见过他喜欢一个女孩如此之久。那时候关于那个女孩的事情我们都小心翼翼，谁都不会提起。虽然我不知道他曾为追求那个女孩做出多大的努力，但是我能够理解那个女孩在他心里的分量，因为就算被拒绝了，他还是不断地给那个女孩打电话，不断地去女孩家找她，我想他那时候一定是不甘心的吧。

实际上那个女孩一直有自己喜欢的男孩，就像升哥坚持着喜欢了她那么久一样，她也一直坚持着喜欢另一个男孩很久。她对我说自己单相思了这么久，一直在纠结着要不要向那个男孩表白。我说：“表白吧，好歹让他知道你那么喜欢他。”我之所以知道这些，是因为就在那个女孩向我倾吐相思之苦的那天晚上，我也向那个女孩表达了自己一直以来对她的暗恋。

是的，我也喜欢那个女孩，只是我是一个胆小的人，在暗暗地喜欢她中度过了几乎整个中学时代。当然这些在当时我从来没有向任何一个小伙伴说起过，我一直都只是不动声色地喜欢着她。这些升哥也许知道，也许不知道，但是不管怎么样，我们都被拒绝了。一切就像一部很没有品位的言情剧一样。当然这一切都发生在初中毕业以后了。

七

升初三的时候重新分班，升哥在一班，我在二班。他的座位临窗又靠近走廊，我从他们班教室走过时，时常看见他在低着头玩手机，又或者只是趴在桌子上，什么也不干。我有时走到窗前，用指尖轻轻敲一下玻璃，他抬起头冲我笑笑又低下头去做自己的事情。

他的成绩还是像小学时候一样，没什么起色。但他还是郑重其事地参加了中考，我想，他在最后一定也渴望过高中生活，一定也曾想过要做最后的挣扎。然而学业终究是荒废了三年，所以，他毫无疑问地落榜了。

后来，我终于明白了那段时间曾让我无比难过的隔阂到底是怎么回事。在一座小小的村庄里，或者在父母眼中，好成绩似乎总有着潜在的优越性，我与他从小到大玩在一起，他的家人一定没少拿我作为与他对比的对象。年幼时我和他对此根本毫不在乎，整天只是疯玩疯闹。长大后，父母的说教一定曾让他无比烦躁郁闷，并进而使他慢慢地疏远了我。

其实，当时我本不必刻意去维护我们的友情，因为成长最终会让他和我都明白，实现人生价值的方式远不只书念得好这一种。每个人都有自己的路要走，每个人要走的路也从来没有高低贵贱之分，等到那时，他自然会重新珍视我们的友情。

八

初中毕业以后他去了另一座城市，在那里的一所职业院校念中专，而我则开始了高中的学习。我们很少有机会再见面，只有寒暑假会叫上四五个从小一起长大的朋友聚一聚。三年以后他中专毕业。在这期间他曾经交过几个女朋友，只是时间都很短。后来他在家待了一段时间便去当兵了，他本来就体格匀称，又很能吃苦，是极适合去当兵的。他在当地征兵部门报名办理手续时我曾陪他去过一次，他对我说去当兵便可以不再依赖父母，同时还能贴补家用，以后争取留在部队里，几年以后结婚的钱也攒够了……

听他说这些的时候，我突然就觉得有些羞愧，关于“长大”这件事，他还是先我一步。

我记得高三的一个夜晚，那时候是冬天，大概是晚上十一点，他突然给我打了一个电话，说他在我家楼下，我有些吃惊，便急急忙忙地走下楼。只见他站在路灯下来回踱步，手里拎着一杯奶茶，凛冽的寒风让他有些瑟瑟发抖。他看到我来了，便操着沙哑的嗓子对我说：“刚走到你家楼下，想着很久没见你了，找你说说话。”我说：“我们上去说吧，这里太冷了。”他说：“不用，很快就走。”我问他：“这是去哪儿了？”他说：“去见一个网友，刚刚回来。”我问他：“那网友漂亮吗？”他说：“那姑娘人还不错。”我又问：“没有请人家去看电影？”他说：“没有，只是散了散步……”

那天晚上我们并没有聊太久，他说不能影响我休息就让我快点回家了。没走多久我回过头，看见惨白的路灯下他踽踽独行的身影被拉得很长，便觉得一阵落寞。

他去当兵的第一年，部队管理极其严格，即便是给家里打电话都会严格受限。然而有一天，他还是给我打了一个电话。那时候我已经在读大学，那天晚上就在我快要睡着的时候，我的手机响了，我扫了一眼电话号码，地址显示是河南驻马店，我以为是有人打错电话，便漫不经心地按下了接听键，紧接着便传来升哥那略带沙哑的声音。我又惊又喜，因为就在前一天晚上，我还梦见与他在我们那个儿时的村子里奔跑。我询问他近况如何，他说自己一切都好，想着好久没有跟小伙伴联系了，便给大家打打电话，部队管理太严了，这么久才给大伙打电话，希望我们别介意。

一年以后，部队生活相对宽松了一些，他便有机会时时与我们在网上聊天，他说那会戴上大红花登上火车时，觉得自己光荣极了，只是第一次远走他乡，还是觉得分外伤感。他还说部队时常进行五公里负重越野，而他每次都是第一名，用他自己的话说就是，他已经是最优秀的士兵。后来他把自己的一些照片发给我们，照片上的他并没有太大的变化，身材倒是更健硕了。他不无自豪地说，等他回来，一个人撂倒我们三个不成问题。

最近又听他说他所在的部队被调往他地，估计会在那边待四五个月，他向领导提出申请，希望能够在年底回一次家，他已经两年多没有回家了。说起来，两年时光竟如同流水般匆匆而过，告别的时日还宛如昨天，转眼间我自己的大学生活都已经过去了一半，怎能不让人感慨万千。

一段关于升哥的回忆写到这里差不多就该落幕了。从遥远的过去写到当下，故事当然不会就此终止，因为生活在继续，成长也在继续。尽管我们未必真正互相了解过彼此，但是那都已经不重要，重要的是我们曾一起走过一段路，并且还将相互扶持着一起走下去。

时光怎样翩然

小伟是个多少有些不太正经的人，时常在网上发来一些“内涵”段子给我看，我放假回家，他给我打电话的第一句永远都是“走啊，嗨起来！”一副玩世不恭的语气。

我总在想，时光到底在我们这群年轻人身上留下了什么样的痕迹。就我而言，我是沉寂在时光里永远话不多说的那个，岁月悄悄地经过我，让我永远只是安静地成长，我想升哥也是如此，我们都像是被岁月遗忘的那个。但是小伟不一样，在他的身上，我总能看见时光的痕迹。

一

我曾在他家里看到过他年幼时的一张照片，他蹲在河边，冲着镜头笑得灿烂而明媚，他洋洋自得地说自己那时候才七八岁，是最可爱的时候。

其实我们并不是从小一起长大，他家是“外来户”，十岁的时候搬来我们村，并且离升哥家很近。紧接着他转学过来，那时我们才上四年级。我一直记得他留给我的最初印象：个子不高，圆脸，话也不是很多，一幅老实木讷的模样。事实上，在整个小学生活里他也确实都是如此。

他最先跟升哥熟络起来，那时候每天放学他都去升哥家一起写作业，然而升哥却只是带着他玩，考试时我们发现升哥还不如他。他后来跟我说，那时候感觉自己受到了欺骗，说自己的人生让升哥给毁了。他每每说起这些我总是哈哈大笑，觉得他一本正经地瞎扯的时候还挺像那么回事。

他刚来的第一年，有一次我去他家找他玩儿，那时候已经快要过年了，他家堆放着很多纸折的金元宝，跟我们当地的很不一样，我见了很惊奇，于是他便教我折。他的母亲是个很和蔼的人，向我打听他在学校的表现，他有些紧张地看着我，我便说他在学校表现很好，他母亲进一步问我怎么好，我便不知如何回答。事实上，他在学校里并不是善于表现自己的积极分子，普普通通，不太起眼。

后来没过多久他又搬家了，他曾请我去他的新家玩儿，给我展示他自己的卧室，然后我就看到了他放在电脑旁边的那张他小时候的照片。

二

他其实是个很怕黑的孩子。晚上出来玩完要回家的时候，需要经过一条马路，马路两侧的路灯时而亮时而不亮，不亮的时候黑漆漆的，简直一眼望不到头，因此他总是提出要早一点回家，趁着马路两旁的霓虹灯还没有熄灭他便可以壮着胆走回去。

然而也总有玩得忘记时间的时候，这时他就会很害怕地央求我送他一程。我和他走在没有人的大马路上时，我会假装神秘地向四周望望，然后悄悄在他耳边说，这条路以前是一片坟地，这条路的尽头我们当地人叫作“鬼门关”，每到晚上十二点的时候，能看到路边的磷火，能听到“小鬼”的嚎叫，吓得他一愣一愣的，一再央求我不要再往下说。其实我也并不是完全在唬他，那条马路以前确实是一片坟地，只不过后来坟地迁往了别处，继后铺上了柏油马路。

那时候，我总是送他到路程的一半就不肯再送他，他埋怨我没有人性、丧尽天良，然后说一声“再见”拔腿就跑，我见他转眼就消失在黑暗里，就对他大喊一声“慢点，别摔倒了！”他也不再回话。我一边往回走一边觉得好笑，想着第二天一定要好好嘲笑嘲笑他。

三

倘若关于小伟的一切仅止于此，那便不再有什么值得叙述了。只是在一段剪不断理还乱的感情纠葛里，我们都曾置身其中，并且扮演了相应的角色，也许是因为曾经共同经历过，所以这一段共有的记忆便显得弥足珍贵。

十二岁，在那个对爱情只是产生朦胧感觉并进而生出无比浓厚探究兴趣的年岁，我们对于他人心底的那点隐秘，总是有着无比敏锐的感知，就像我们认定小伟一定喜欢自己的同桌。实际上除了他同桌那位女生，我们再也没有给他制造任何其他流言蜚语的可能，再进一步说，我们无非是为了在那些年少无聊的日子里，从他的身上榨取出一点值得打趣和调侃的东西，以此打发难以消遣的无聊时光而已。而且有一点是能够肯定的，那就是我们认定自己喜欢一个人都是从距离自己最近的人开始的，例如自己的同桌，升哥是如此，我也是如此。

只是那时候升哥已经开始有意地疏远小伟和我，升哥喜欢的前桌女生，是小伟的同桌。

那会儿放学时小伟和我总要先到教学楼后面绕一圈再走，无非是为了能够策划一场假装的、漫不经心的、与自己喜欢的女生的偶遇。然而这偶遇并非如何美好，更多时候我们只是假装没有看见她们——小伟的同桌和我的同桌，然后紧张地屏住气息、故作潇洒地从她们面前走过，直到看不见她们了才如释重负。

有一次小伟突然冲着她们喊了一句："喂，小明同学在这里。"她们顿时好奇地向后看，我立刻拉着他侧身躲进楼道，然后一路狂奔，累得气喘吁吁。他诧异地问我："你真的喜欢她呀？"我说："你是才知道吗？不是早就公开了吗？"他接话说："没想到你这么怕她。"我说："是啊，你看我都已经吓得抱头鼠窜了。"我问他："干吗一惊一乍？"他正要嘲笑我，我反问他："害不害怕自己的同桌？"他笑了笑没有说话。

升哥曾不无嫉妒地对我说，小伟对他的同桌永远都是言听计从。现在想想这简直像是一场预谋，他的同桌为了自己的闺蜜派他来打探我的虚实，没想到害得我原形毕露。但这至少也说明了小伟与他的同桌一直都相处得很好。事实上，尽管后来我们都曾追求过这个女生，但不可否认的是，只有小伟曾真正走近她，并且与她一起和睦地度过了小学生涯的最后一年，就此而言，我和升哥是羡慕他的。

四

我们时常在晚上一起去附近的广场散步，一边嚼着冰沙一边说话，其实大部分时间都是他在说，我只需要以"嗯""啊"回应他，然后在他打趣我时尴尬地笑笑就行了。其实我很想知道他是怎么跟自己的同桌相处的，因为那总让我想起自己。

我不能否认我对这个女生的好奇。有一段时间我们的座位挨得很近，那时教室的两边是两列桌子，中间是四列桌子，我们都坐在中间，虽然不是同桌，但也是挨着坐在一起。那段时间很短，只有一两个星期，自始至终我和那个女生都没有说过一句话。坐在我后桌的女生也许是发现了一些端倪，有一天当着那个女生的面问我："你们怎么一句话都不说，不会有什么矛盾吧？"我有些紧张，赶紧说："可能我们两个都不是很外向吧。"然后一笑而过，那个女生也没有再说什么。

所以我很想知道小伟是如何与她相处的，但是他对此几乎守口如瓶。

我对他与那个女生之间发生的事情实在知之甚少。教室里我们三个人座位相距很远，又同坐在第一排，所以我不能观察到他们，但是却常常从升哥的口中得知他们在做同桌的日子里发生的一些琐事，诸如那个女生把他的钢笔藏起来啦、他又拽了一下那个女生的辫子啦，不一而足。

事实上，那个女生除了自己的同桌小伟还有后桌升哥以外，似乎跟其他的男生也没有什么来往。我曾经无比好奇地向升哥打探，那个女生是否喜欢小伟，升哥坚定地告诉我不会，我问为什么，他说是感觉。那时候我想，大概在升哥的感觉里，那个女生只喜欢他吧。

五

很快就小学毕业了。有一天晚上，小伟突然对我说，他向那个女生表白了。我问什么时候。他说刚上初中那会儿。我问他怎么突然就表白了。他说那天晚上不小心喝了一点酒，然后就稀里糊涂地表白了。我小心翼翼地问他：“她接受你了吗？”他说：“拒绝了。”

也许是因为他在告诉我这些的时候，已经离他告白过去了一年多的时间，尽管他在跟我说起这些的时候还是很沮丧，但是他自己说，很多话能够说出来，就说明真的过去了。那天晚上是我第一次从他口中确认他喜欢自己的同桌，尽管这跟我们猜测的也一样。

几年后我们在一家餐馆聚会，突然一首曾经特别流行的歌曲《当你孤单时你会想起谁》从餐馆那台破旧的音响里飘出来，一时间大家都不说话了。还是升哥率先打破沉默，他用酒瓶指着小伟，哈哈一笑，问道：“想起谁了？想起你同桌了，对不对？”小伟接过他的酒瓶，也笑着说：“我哪有想起她，我只是想起了我家楼下的那个小闺女。”

那个女生最终我们谁都没有忘记，几年过去了，我们依旧把她深深地藏在心底，尽管我们早就与她没有了联系。毕竟她代表着我们的一段难过而甜蜜的青春记忆，她是我们一起追过的女孩，也是一个普通得不能再普通的女孩，最终她成为我们共同的记忆，成为一个符号，记录着曾那么天真、那么傻得可爱的我们。

六

初三下学期小伟就辍学了，并且劝升哥也不要参加中考了，当然后来升哥没有听他的。其实他跟升哥一样，也想在中考来临之前挣扎一番，因为他曾经请我给他补习过一天的化学课，然而他三心二意，完全没有耐心，最后大概他自己也认定自己不是学习的料，还是早早地辍学回家了。

辍学回家以后他干过很多事情，在餐馆端过几个月的盘子，去工地搬过几个月的砖，最终还是去念中专了。他总是跟我说他是在念中专的时候学坏的。他说那时候他常常跟着舍友逃课去网吧玩儿一通宵，在外喝酒喝得夜不归宿，舍友拉帮结伙地去打架，他也兴致勃勃地参与，俨然变成了不良少年。我问他有没有交女朋友，他只说班里有个长得还不错的女生对他挺有意思。

两年后他中专毕业，又去建筑工地做过一段时间的工，再后来他去了一家派出所当民警，从此便算是真正踏入了社会。两三年的民警生活让他彻底见识到了这个社会的现实与残酷。他二十岁不到就天天和其他民警一起去逮捕小偷、抢劫犯、滋事者、传销团伙，一个人处在这样的环境中会以什么样的方式成长呢？

几年来，他的模样没有什么变化，还是一副笑容可掬的面孔，可是浑身上下都开始散发着一股老成的味道，实际上在几个小伙伴中他的年纪是最小的。他知道该怎样跟形形色色的人打交道，他冲着你嘿嘿坏笑的时候，眼睛一直在滴溜溜地打转。你从他身上看不到身为民警该有的“正义感”，只觉得这是一个在社会上混久了的“老滑头”，让人难以捉摸。

七

仔细算来，我与他交往已有十余年。我们两个人曾在一个深夜，提着几瓶酒坐在河边促膝长谈。仔细回首十年来各自的成长历程，于我而言，真正的生活还远未开始，而生活已经提前将它的残酷展示给他看。在所有的小伙伴中，他是变化最大的一个，他自己也很清楚自己的改变。

他是留下的那个，所有的小伙伴都离开了家乡，只有他自己还待在原地。我多次劝他出去走走，趁我们现在是最好的年纪，到外面去闯闯，一个人留在这里有什么意思。然而他总是说自己就想待在这里，哪里也不去。我说：“要么你就找一家单位安生地工作，你现在的工作有什么好，无非三天打鱼、两天晒网，更何况薪水那么低。”他反驳我说：“哪家单位肯用我呢？”我说：“只要去找肯定有的。”然后他沉默不语。其实我知道，他已经看到了太多的东西，所以他怎么也舍不得每一分钟的安逸，他比我更加理解这个社会有多么现实。我问他无聊的时候干什么，他嘻嘻哈哈地对我说思考人生。我知道他是认真的，思考人生，然后发现人生无非如此。他也知道自己留在这里终究不是长久之计，但是暂时还不想离开，并且不断地推说自己还小。

我们最终谁都无法说服对方。

一些经历让他从稚嫩的少年脱胎换骨，但是也早早地磨去了他对生活的激情，你从他身上看到的是不符合他年龄的老气横秋，至于年轻人该有的浪漫情怀，早早地就消失殆尽了。就像在我跟他说起这些的时候，他总是很不屑地说我太单纯一样。我从来没有经历过他所经历的、看到他所看到的，所以我无法评说他现在的状态到底是好是坏，他的转变对于自己的生活是有利还是有害，我只能作为他身边的一个朋友，远远地旁观着，告诉他我眼中的他是什么样子的。

八

最后，作为朋友，还是愿他一生安好。

后青春时代的诗(一)

三个月前我去领自己新办理的身份证,突然意识到自己已经站在后青春时代了。

这猝不及防的成长让人觉得惆怅。很快就要步入青年时代了,到时候肯定会多一些青年人的沉稳,少一些少年人的天真。明明还大声说着要把握好这大好的青春时光,却转眼就到了青年,想想真让人觉得不安。

特别喜欢郭敬明的一句话:在这个忧伤而明媚的三月,我从我单薄的青春里打马而过,穿过紫堇,穿过木棉,穿过时隐时现的悲喜和无常。在这悲喜和无常之间,在这单薄而明媚的青春岁月里,我除了看到自己,还看到了一路走来的儿时伙伴。

我记起了过往发生的很多琐碎的事情。

那年夏天,我们漫无目的地骑着自行车,穿过一大片田地,来到一个不知名的小村庄,在一座寥落了很久的门洞里我们拍照留念。阳光穿过了头顶的树叶,满地都是斑驳的树影。坐在树荫下纳凉的老太太们轻摇着手里的蒲扇,一派岁月静好的模样,整个村子,都像是被时间遗忘了。

立秋时河水已经开始变凉,可是来到小河边的我们还是很快脱光了自己的衣服,像小时候那样,一个猛子扎进水里,比谁憋气时间长，即使冻得嘴唇发紫、浑身起了鸡皮疙瘩，说话带着颤音，还是赖在水里。那些带着快乐的波纹荡漾开去，我们谁都清楚，今后的我们将再也不会如此。

我们翻墙进了公园，在里面悠闲地转了大半个下午，摘了好多半青不紫的葡萄，然后慷慨地送给那些跟我们一样过来摘葡萄的人，再然后大摇大摆地从公园门口出来。那葡萄的酸味至今还在我的舌尖上缭绕着。

我无法忘记的事情还有很多。我无法忘记那时候我们一块躺在草地上，任车子歪倒在旁边，听着缓和的音乐，看天上云卷云舒，各自诉说着自己喜欢的姑娘；我无法忘记元旦那天，我们冒着零下十五度的严寒，八点半跑到广场上，看那皑皑白雪，又跑到马路的正中央，放肆地扯开嗓子高吼《朋友》；我更加无法忘记有天晚上，我们趁着夜色偷偷摸进了电信大楼，顺着那高耸的楼梯一直向上爬，在楼顶俯瞰这座城市，夜很凉，却没有风，我们一起看远方弥漫的夜色和彼此模糊不清的未来。

我一直觉得，其实生活中充满了玄机和偶然，命运能够让我们相遇并让你们一直陪伴了我六七年，甚至超过十年，我多么想说，还好有你们，否则我的生活该多么的乏善可陈。

喜欢的一首轻音乐叫《永恒的回忆》，这是我很喜欢的一部电视剧的插曲，很多时候我戴着耳机，听着舒缓的旋律，然后对着电脑码下一行行的字。一个人的回忆、一个人的过往，就这样随着曼妙的旋律从记忆的深处缓缓拉出，接着缱绻在巨大的忧伤里。然后，我就看见我们一行几人，迎着漫天的彩霞，相互扶持着走在地平线的尽头，落日的余晖将我们的身影拉得好长、好长。

后青春时代的诗(二)

四年前我写下一篇文章,用来怀念我儿时的小伙伴。也许是因为他们对我影响真的太大,也许是因为我与他们实在关系紧密,以至于我总是不自觉地以他们为标准来选择人生道路上的知己,这也或多或少导致了我的整个中学时代再也没有结交下真正像他们那样的朋友,我不知道这对我是好是坏,但是至少在当时曾让我感到惶惑和难过。当然这不仅仅是因为他们,更多的原因在于我自己,在于我自己的恋旧,在于我自己的沉默,在于我自己的故步自封。

四年前,一切还远未到来,我们无非是站在青春期的末时代,少年人的稚气还未褪尽。我们还依旧保有一些天真烂漫的东西,只需要早晨对自己的母亲喊一声“妈,我出去玩儿了”便可以与小伙伴放肆地在外玩耍一整天,只需要在夜幕降临时,打开家门对父亲喊一声“爸,我回来了”便可以直接享用可口的饭菜,我们什么都不需要担心,因为生活还远未将它的狰狞模样展示给我们。

多么年轻的面孔,多么天真烂漫的面孔。

四年后,再来看当时的一切,感慨便充满了矫情的意味,我们所说的未来,正在一步步向我们走来,有的人在变,有的人不变，有的人不知道要不要变，每个人都在迫不及待地寻找自己的答案，因为生活已经摆在眼前。

我儿时的小伙伴，我们都将被生活磨砺成什么模样呢？

有一天，我突然问自己，这些情谊到底能够保持多久呢？此前我从来没有质疑过从儿时起就建立的情谊，可是有一天脑海里突然蹦出的这份疑问却让我蓦地一惊。是不是在某个瞬间，我曾突然发觉有一些东西开始变得不一样了呢？我越想越觉得迷茫，因为这些情谊曾是我无比在意的东西。

升哥有一天晚上跟小伟打电话，说如今自己一切都好，唯一遗憾的是不能够跟大家聚在一起。后来小伟把电话录音发给我，我听着升哥与小伟的交谈，只觉得久久的伤感。我与他已经两年未见，他不断地诉说着自己对大家的想念，可是他也表示自己仍旧打算长久地留在部队里，我们为他高兴的同时，也不禁感到若有所失。是啊，我们还有机会像小时候一样聚到一起吗？有多少人就是如此渐行渐远的呢？我们终究要各自迎来自己的生活，每个人都要为了未来做出自己的选择，谁都帮不了谁，人生原本就是一段孤独的旅程。

我们仅仅是拥有共同的童年记忆，此后的人生也将鲜有交集，既没有共同的生活经历，又拿什么来一起缅怀，拿什么作为长久联系的羁绊呢？就像我在中学时代，他们总是对我说："你好好学习，我们尽量不去打扰你。"我知道他们理解我，可这份理解却让我感到深深的难过，因为我们的差异随着大家的成长越来越被放大；就像他们总是嘲笑我的单纯和天真，因为我是唯一留在学校里，想要努力完成学业的那个。这一切是成长带来的，让我们看到自己与他人的不同，进而明白在这个世界上，能够拯救我们的，只有自己而已。而曾经那么要好、一起长大的小伙伴，可能真的就会因为一句“各自珍重”而彼此走散。

有一天我和小伟走在路上，我忘记自己说了什么，最后无比感慨地总结道：“难道是我成长了吗？”说完这句话，小伟便对着我哈哈大笑，后来这句话成了他的口头禅，他不断地模仿我的语气重复这句话。

“成长”一词如今变成了一个多么矫情的表达。

与小伟在河边促膝长谈的那个夜晚，他突然问我：“你到底是怎么跟我们走到一起的？”我蓦地一惊，我知道，无论是小伟还是升哥，又或者是其他一起长大的朋友，这都是一个无法绕开的问题，而对这个问题的回答，却似乎又存在着破坏我与他们这份宝贵情谊的可能，不管怎样这是一个难以面对的问题。我半开玩笑半认真地说：“你不觉得像我这种人很有存在的必要吗？”他说：“话是如此，可是像你们这种读书人，对我们应该是唯恐避之而不及的……”

那时候，我看着天边闪烁的星星，一本正经地对小伟说：“如果没有你们，那我的生活还有什么意思？”我说的是真心话，那时我已经有些醉了。

我总是会回想起自己的青春岁月，并用“不堪回首”来形容它。我的青春生活都有什么？在如同一潭死水的日子里细数着还有几天便能脱离这样的生活，在每一个白天黑夜用学习和沉睡来让自己麻木地应对一切。我从来没有旷过课，没有打过架，没有抽过烟、酗过酒、上过网吧，以及彻夜不归，甚至从来没有谈过一次恋爱，我一直乖乖地做着好学生，平静地面对生活中的一切。青春年少的张扬与叛逆，好像从来没有在我身上出现过，我只是日复一日地变得沉默，在父母和朋友的眼中变得心事重重、不苟言笑，这一切都让我怀疑自己是否曾经真正拥有过青春。

归根结底，我在内心深处渴望着与现在不一样的生活，而只要和他们在一起，就能让我稍微地去靠近和感受这种生活。这就是我真正的想法，我从来没有打算把它告诉小伟或者任何一个小伙伴，因为这种想法很自私。

小伟也有些醉意地对我说："在我们从小一起长大的人当中，我们私底下都认为将来你一定最有出息。"我问："为什么？就因为我学习一直很好？"他说："也不全是，我们觉得你将来能当大官，哈哈！"

我说："你错了，我没有功成名就的野心，说我不求上进也好，我只是想安安稳稳、平平淡淡地过自己的生活，做自己喜欢的事情。"我对自己的要求仅此而已。总之，我是个不喜欢受到约束的人，但是我也知道，即便是如此的生活，也要付出巨大的努力才能得到。

我把这些告诉小伟的时候，他只是笑笑，没有说话。

以前我总在想，再没有人比自己更加了解自己了。可是有一天我突然发现，认识自己也是一个无穷无尽的过程。那么关于他们——我所有的小伙伴，我究竟知道什么呢？我能诉说的只有过往的经历，我写下的一切也都有妄断的可能，我认识的、熟知的，永远只是我印象中的他们，可真实的他们到底是什么样子呢？我所有的小伙伴，他们眼中的自己又是什么样的呢？他们眼中的我又是什么样的呢？在已经过去的几千几百个日日夜夜里，我们是否曾真正认清彼此，了解彼此？未来我们会是什么样子？我有太多的疑问和好奇，尽管知道时间最终会给我答案，可是我还是迫不及待地期待那天早日到来。

晴天(一)

一

回想起来,已经是夏天的事了,那时候,室友表白遭拒,深夜哽咽着对大家说,自己暗恋了那个女孩那么长时间,投入了很多感情……在那一阵恍惚间,我突然就想到了你。

二

大家还在问他些什么,但都已经隔绝在了我的耳朵之外,我唯一还能感受到的,是那台老旧的空调一直在吹凉气,遥远的天边,还有一些微茫的星光在闪烁。这炎热的夏季,让人感到有些冷。

很长时间以后,我还是没能让自己彻底忘掉你,就像一看到与你名字有关的字眼,还是会首先想到你,因为,你是我那微凉而单薄的青春时代里,唯一的一抹桃红啊。

已经过了这么长时间了。

“今天咱们班要来一名新同学。”班主任在讲台上说着,然后就见你拘谨地走进教室。我始终记得,好多年前的那一天,你突然就转到这所学校。来转校生是时有的事,我并未过多留意你,也无法料想，在之后的若干年，我会发疯似的迅速成长，也许我该欣喜，可是我也开始变得沉默，性格的转变让我自己都始料未及，当然这并不纯粹是因为你。

有很多次，我站在教学楼上向下俯瞰，你推着车子刚好经过，高大的芙蓉树遮住了一部分阳光，你的身影变得影影绰绰，连带着我的心也变得恍惚迷离。

之后就无可避免地合校了，再之后，连看到你都变得很难。

很久以后，我在一本书上读到下面这几句话：

小学时，愿望是跟喜欢的女孩坐同一张桌子

初中时，愿望是跟喜欢的女孩在同一个班级

高中时，愿望是跟喜欢的女孩在同一所学校

大学时，愿望是跟喜欢的女孩在同一所城市

忽然发现，无论什么时候，我们都站在最远的两端；突然觉得，一场师出无名的单恋，原本就不该有华丽的落幕。我们再没有见面的可能，可我还在倔强地相信着什么，还是习惯性地去坚持些什么。其实我知道，就像我深深地喜欢着你一样，你也深深地喜欢着一个令我无比羡慕的男孩，我们都在暗恋，这相互的理解，来得让人心寒，在那最伤心的时间里，我就这样一遍一遍地告诉自己。

终于，我拿起了笔，开始把自己的所思所想全部落到纸上，那些编织着忧伤的文字，一直洒在我成长的路上。我不会主动向人诉说些什么，可是当我把一切都压在心底等待着它慢慢氧化消失的时候，我害怕自己的心也会捎带着烂掉，写，变成了我最好的选择。

“你总写这种忧伤的文字。”别人对我说。

“我还有更忧伤的，你要不要看？”我总是这样肆意而又任性地回复别人。

庞大的忧伤被时光之河稀释成一小份一小份，然后就慢慢渗入写出来的东西，我并不是有意去形成这样的格调。这样的解释，能否成为一个既对得起自己又让别人满意的答案呢？如果我说自己是为了寻找安慰才开始写作，大概会招别人笑吧。在这忧伤旋涡的中心，我又看见你。我不知道自己以这样的姿态成长是对还是错，我害怕一强迫自己去想，可能就会后悔。

我从来不是那种内心强大的人，在那段自我疗伤的时间里，我安静地躺在床上对着偌大的空间流泪，那些一去不复返的破碎的旧时光，越想越令人心酸，其实我从未埋怨过谁，但却希望你能早日追到那个男孩，毕竟你是那么喜欢他。

不久前，朋友问我：“你和她还有联系吗？”我说：“没有了，真的没有了，一丝一毫都没有了。”三年前，也是我亲口说出的不再打扰你，从此从你的世界消失，不是吗？用很长的时间去喜欢一个女孩，再用很长的时间去忘怀，这所有过去了的一切，都是上天为了让我变得更加强大，不是吗？

三

突然有一天，我意识到你的模样开始渐渐地变得模糊，就像透过磨砂的玻璃看这世间的一切，所有的一切都会变得朦胧。我已经记不起年少时，你是怎样站在微风里微笑着把额前拂起的头发挽到耳后，也已经记不起你是怎样踏着单车缓缓驶出我的视线，也驶出我的世界，唯一还比较清晰的，是你嘴角左上三分处，有一颗不是很显眼的美人痣，仅此而已了。

我想再要不了多久，关于你的所有悸动都会从我的生命中一并抹消，除了你的名字会一直留在我的世界证明你曾经来过，其他一切都会消失，这些，我真的已经预感到了。

四

再后来，慢慢地，我开始知道，那些放不下的，不过是一些执念，而我所怀念和眷恋的，也并不是你，而是那时候的我自己……

晴天(二)

故事的小黄花

从出生那年就飘着

童年的荡秋千

随记忆一直晃到现在

……

为你翘课的那一天

花落的那一天

教室的那一间

我怎么看不见

消失的下雨天

我好想再淋一遍

……

从前从前有个人爱你很久

但偏偏雨渐渐大到我看你不见

还要多久我才能够在你身边

等到放晴那天也许我会比较好一点

……

——周杰伦《晴天》

晴天，我想了很久，决定用这样一个词语去形容年少时期一段不堪回首的青春记忆，并将它作为一篇文章的题目。雨停了，天晴了，所有的一切就都结束了。那个曾让我魂牵梦萦的女孩，也许她已经忘了我了。

2013 年 7 月的某一天，我突然意识到，一切都过去了，所有关于她的执念，终于在漫长的时间激流中慢慢褪去。能够以这样一种坦然的心态，平静地回忆起关于她的一切，平静地执笔记录的那一天，终于来了。

在以后的几年里，我再也没有见到那个女孩，也许因为年少时说过的一句从此不再联系，就真的注定了今后的人生再也没有交集，然而扪心自问，我还是希望能够遇见她的。尽管所有的悸动都已经成为过去，却仍旧希望有一天，在某个街头巷尾再次偶遇，然后坐下好好谈谈，说说今后的生活、未来的打算，我会笑着说那时候我曾多么喜欢她，也笑着听她讲自己是否追到喜欢的男孩。

但是我知道，这所有的一厢情愿都不可能实现，毕竟我已经离开了那座城市，倘若真有万分之一的机会碰面了，我是否能够打一声招呼，说一声好久不见呢？再或者，我们真的能够认出彼此吗？所有这些，都在向我昭示着，也许我们真的就到此为止了。

仔细想来，最后一次见她，是在五六年前。那是中考前的一个星期，大家在准备拍毕业照，我突然就看到她正挽着同伴愉快地说笑。在此之前我已经近两年没有见过她，她依旧是小时候俊秀的模样，只是身形变得挺拔高挑。排队拍照的时候，她站在我的旁边不说话，我想，我应该跟她打声招呼吧，毕竟好不容易见到自己默默喜欢了好久的女孩，可是该说些什么呢？我们两年未见，想来各自的生活也是千差万别，我越是想表现得自然一点，就越是陷入无所适从，最后我只是对她生硬地喊了一声："喂!"她回过头瞥了我一眼，对我说:"你喂什么喂?"

说起来竟有些好笑，那竟是我当面对她说过的最后一句话，一个"喂"字，而她对此的回应是,"你喂什么喂?"我木然地站在那里，不知道该怎样把话题进行下去，也许我应该问她最近过得好吗，为什么一直没有来上课。倘若当时我能够放下自己的矫揉造作，是否拍毕业照的那个下午本应该有一次无比愉快的交谈呢?

我默默地回到教室，心里却在不断地回想她的表情和眼神，那是表露无遗的不屑吗? 再没有什么比这更令人难过了。

我一直在想，也许她早就看出了我对她的喜欢，只是知道彼此既无可能，也就无须做出亲近的姿态。"女孩永远要比同龄的男孩成熟"，倘若我能够早一点懂得这句话的含义，也许一切都不会像是一场闹剧，即便我不那么让她讨厌，但是我所做的却也一定不会讨人喜欢，她从来不曾向我表示什么情谊，我的故作姿态又怎么会不让人心生反感呢? 可是这一切我都明白得太晚了。

中考过后，我们提早开始了漫长的暑假，突然拥有的大量空闲时间，让我不断地回想起所有关于她的记忆。我们最早开始接触是在小学五年级，那时候我还不曾喜欢她，这个安静的女孩是突然转校过来的，我记得那时候我是学习组长，经常收发作业，第一次跟她说话也是要她交作业，除此之外，各自的生活没有任何交集。后来，我们都在本校念初中一年级，但已经不在同一个班级。那时网络已经开始普及，与日常见面的无从说起相比，我们通过网络的交流渐渐多了起来，一些原本只是处在萌芽状态的情绪便开始迅速地成长，在那段蒙昧无知刚刚踏进青春期的岁月里，我曾不断地问自己："你真的就这样喜欢上她了吗？"

总是期望着一次自然而然的相遇，总是关心关于她的一切消息和流言蜚语，总是忍不住地想要去靠近，却又畏惧着见面时的无从表达。直到有一天，我肯定地告诉自己，没错，那种感觉就是喜欢，我喜欢上了那个女孩。从此，一切甜蜜或痛苦，一切文字，都从那里开始了。

初二的时候因为学校合并，我们同去了另一所学校念书。每周四下午的最后一节体育课，变成了我最向往的一节课，因为我们两个班级同时在操场上体育课，尽管不是同一个体育老师，上课地点也不一样，却成为我唯一能够看到她的机会。我一遍遍地在心里想象着一次漫不经心的相遇，这一切都让人充满遐想，一颗心被微妙的柔软小心翼翼地填满，快乐又忧伤。

每堂体育课我都寻找着那个令我魂牵梦萦的身影。我看到她穿着白色运动服缓慢地在操场上奔跑，跟同伴说说笑笑，她的举手投足，都变成一幅幅美丽的图画。我只是远远地看着她，对我而言就足够了。直到有一天，朋友不经意地提起，她已经很久没有来上学了，我说我不信，体育课我还看到过她，朋友说那一定是我看错了。

因为在学校住宿，没法上网，我们已经很久没有联系，那个周五的下午，我心急如焚地回到家中，坐在电脑前，尽管心潮澎湃，然而还是用很小心的语气发消息问她："你不去上学了吗？"在等待她回复的时间里，我幻想了无数种她可能的回答，很快，她回了我，是的。我问她为什么，她说不想去就不去了呗。

尽管已经猜到了答案，可是她那毫不在乎的语气还是让我感到错愕，好像在那一瞬间我突然就看到坐在电脑另一端的冷漠面孔。我期盼着她能够向我诉说那些她难以言表的原因，可是我在她心里从来都只是无足轻重的存在，所以她并没有告知我的必要，无论那些原因是好是坏，她都不打算与我分享。不管怎样，我们之间的距离已经越来越远，最难过的只有我一个人而已。在收拾好自己的情绪以后，我又问她："那你近来过得好吗？"她说："很好啊，反正比你幸福。"

我对着已经关掉的电脑屏幕，慢慢缓过神来。看着黑色屏幕上逐渐显露出自己的影子，我不断地问自己，过得比我幸福是什么意思。我从未跟她说起自己过得怎样。我的胡思乱想，再也没有去向她求证，我们已然渐行渐远，一切打扰都变得刻意而多余。

我记得那时候班里有一个胖胖的男生，他是大家打趣的对象，所有人都知道他喜欢的那个女孩是他的小学同学，所有人都知道那个女孩在另一所学校。在某一天下午的体育课上，他一个人坐在阴凉处默默发呆，他对我说他要放弃了。我已经记不得那时候我对他说了什么，也许我什么都没有说，只是陪着他一起发呆而已，但是我记住了他悲伤的表情，那是一种痛下决心后的斩钉截铁。我多么羡慕他的决定，在深知彼此距离遥远、绝无可能以后，选择全身而退。

我变得愈发沉默，愈发敏感而偏执，当有一天再也承受不住那沉重的忧伤时，我就开始了写作。我用了很多的文字去记录那时候的心境，在深知那些对我而言最重要的东西即便说出来也只能成为别人茶余饭后的笑料后，我只能用写来排遣自己的悲伤，这是最无可奈何也是最后的方法。

中考过后的那个暑假，我终于决定向她诉说自己的心意，我觉得无论她是否在意我，都应该让她知道有个天真的男孩是那么喜欢她，我用很多的文字写成一封信，将几年来自己的感受写成独白，这对我而言或许有着比一封情书更重要的意义，它为我那躁动的青春期画上了一个并不圆满的句号。

尽管早就做好了被拒绝的心理准备，然而在"对不起"三个字到来时依旧伤心得无以复加。许多个深夜，我一遍遍地回想过去的事情，难过得躲在被窝里流泪。倘若我只是一个没心没肺的孩子，伤过以后还能笑着对自己说没事；倘若我只是一个乐观豁达的孩子，挫败过以后还能无所谓地对自己说不过是换个人重新开始。可我偏偏都不是，偏偏喜欢去一遍遍地咀嚼忧伤，然后就这样平静地让眼泪肆意流淌。

最后她告诉我，几年来她深深地喜欢着另一个男孩。在那一刻，我所有的想象，对未来抱有的那一点点期许，还有为她所付出的一切喜怒哀乐，都在她忧郁的诉说中坍塌成碎片。从此我将再也没有机会。我能理解她的感受，她也能理解我的感受。也许我曾做过的努力她未必没有做过，所有我能够想到的她未必没有想到过，可是两个同病相怜的人却永远不可能因惺惺相惜而走到一起，因为彼此都有一份要命的执着，即便没有希望也宁愿深陷其中不肯撤退，两个可怜的人，非要用这样的方式去学会成长。

"一直以来，我就像一个拼命想要讨好观众，努力在舞台上戏耍，却躲在滑稽的面具后面悄悄地流泪的小丑。尽管小丑结束自己的表演时，从来不会有华丽的谢幕。但是对我而言，一切都已经悄然结束，我会慢慢地从你的世界离开，从此再也不来打扰你，只是请你偶尔记起，曾经有个男孩，他是那么喜欢你。"

过去那么久了，这段在我写给她的信中的最末尾的话语我以为自己已经忘了，可是有一天它们又都被重新记起，并被我再次写下。我不知道她是否还会记起我，不过这已经无关紧要，我们都将踏上自己的人生，从而迎来新的生活。那时候我以为一切都会结束，可是并没有，那些伤感的东西一直延续了许久才终于慢慢放下，甚至还有一些我说不清的东西，它们一直陪伴着我走到现在，并且将一直陪伴着我走完今后的人生。

一切写到这里终于可以作结，一段长达几年的故事终于讲到了最后，其实当我写下这段单薄微凉的青春岁月时，一切都不过是我一个人的喃喃低语，但是不管怎样，祝愿那个女孩，还有我，彼此安好，各自珍重。

第二辑

首

我在家里翻出了自己初中时候的一个日记本，大概是因为很久没有拿出来了，它的胶皮封面有一股刺鼻的味道，里面的纸张也已经开始慢慢泛黄。我好奇地翻开它，一幕幕地回忆起自己曾经的模样，轻柔的时光就在我的手指边轻轻地绕着，我逆流而上，看到自己的生活，看到自己的过往。

在日记本的最后，有这样一篇文章：

> 已经两年了，两年之间又发生了多少事，这个小小的日记本，承载着我的多少情绪。岁月悠悠，不知不觉地我就逐渐长大，可是与之相伴的，是身边人们的一个个离开，因为每个人选择的方向不同，每个人要走的路也不同，即将到来的未来也不同。马上就要初三了，很快就要中考了，明年的今天，命运会把我宣判到哪条“不归之路”上去呢？我不止一次地从一所高中的铁栅栏外朝里面望去，并在心里想着我将会在这里继续接下来三年的学习吗？
>
> 或许这就是成长，一切都在改变，曾经的那些人，好像突然就变了模样，一些亲密的关系好像再也回不

到过去，在慢慢感知到这些后，我变得无比惶恐。

我似乎永远沉浸在小学的那段无忧无虑的时光里，就像一场大梦已经醒来，可自己还是倔强地闭着眼。毕业的那天，第一次感受到物是人非的悲伤，毕竟六年同窗。还有我喜欢的女孩，我们分到了不同的班级，我以后很难再见到她。

合校以后，我升到初二。我不满意身边的一切环境，不满意人们总是露出狰狞的面孔，不满意新班主任看向我的抵触的目光。我觉得自己像是坠入冰潭，拼命地挣扎，却没有人可以拉我一把，在我的世界里，一些人无可避免地渐走渐远，而我却依旧傻傻地编织着象牙塔里的童话。

我一遍遍地问自己，我做的这些到底有什么意义，但同时我也一遍遍地告诉自己，不要停下来，不要去想，越麻木就越心安。而今，我们越走越远，我知道我们是在走不一样的道路，我知道我们的喜怒哀乐将从此不同，我知道我们将淡忘彼此，这就是充满着苦涩味道的成长。

很快就要升入初三，明年就要中考了，大人们说这是人生的一个转折点，我却还没有想好该怎样去把握，即便是考进了实验班，自己会真正快乐吗？压力永无止境，循环往复，人到底为什么而活？

我想这个笔记本我再也不会打开了，我把自己的所有感受全都记录在这里，封存在这里，把我曾经的模样刻录在这里，这样我就能够更好地去释怀，更好地去遗忘。

我想那是个值得纪念的日子，那年我十四岁，第一次尝试着为自己写下一些东西，这篇附在日记本最后的文章，对我而言有着某种纪念意义。

文章开头提到的“已经两年了”，其实是升入中学已经两年了，还有随之提到的“小小的日记本”，其实里面记录的，无非是小学还有中学生活的一些片段。虽然在文章的最后，我说这本笔记本我将封存，然而我还是打开了它。我知道里面记录着一个无比难堪的自己，面对这样的自己无疑是需要勇气的。阅读年幼时的那些尴尬、矫情、非主流式的诉说毕竟不是一种舒适的体验，但是终究要承认，那就是我真实的模样，那就是当时我最真实的想法——那个“小小的日记本”承载了我的很多欢笑和辛酸。

当时我以为的那些天大的事情，我以为的自己的无可救药，其实都不过如此，那时的我还不真正明白到底什么是绝望、什么是痛苦。但我也很清楚，我之所以能够这样说，是因为我始终在以一种六年后的姿态俯瞰那时候的自己。

我看到这篇文章中提到了很多东西，它们如今对于我而言变成了一个个有意义的时光标记，让我想起了那时候自己的所思所想。

时至今日，我依旧对小学时光满怀眷恋，毕竟我曾将太多的感情投注其中，在随后的中学生涯里，我很难再像小时候那样，永远充满热情、永远兴高采烈地面对自己的生活——一段让人无比失落的生活。

我的失落在于所有人的远离，在于自己倔强地不肯做出改变。小学毕业后我在本校念初中一年级，我再也不会是最活泼的那个。当我满怀期望地迎接中学时代的到来，满怀期望地开始与新面孔建立起新的情谊，却发现一切都不像我想象得那么容易。那时候我终于开始意识到，我们所有的人都在不断地成长，我们对外界心存戒备，我们只关注自己。

当然，那时候我并不懂这些，我只是对人们的改变感到诧异，而这本来是再自然不过的事情。我用一颗年幼的心窥视着周边的一切变化，并把那些疑问埋在心底，每天依旧奔波在家与学校的两点一线之间，依旧为庞大的作业量而苦恼，依旧为不尽人意的成绩而苦恼，依旧平凡地长大，就像每个循规蹈矩的学生该做的那样。

合校以后来到另一所中学，现实与理想的落差让我感到无比惶恐，倘若仅仅是环境条件的落魄，似乎并不是那么令人难以接受，只是这所学校里无论学生还是老师，都对我们这些合校过来的人有着强烈的排斥。在这所治安极差的学校里，每当夜幕降临，有学生聚集在角落打架斗殴，查夜的老师远远躲着不敢靠近。在班主任当着所有人的面愤怒地训斥了一个在教师评价中没有给她打满分的学生以后，在这所学校的校长因为腐败被带走以后，我对自己所处的环境彻底失望。

我开始深深地陷入自闭，我不知道该怎样融入这里，我的同学开始陆陆续续地转学，我的父母也问我要不要办理转学手续，我摇摇头说，没事，很快就过去了。我不能告诉他们，因为我喜欢的女孩还在这里，我不能转学。内在和外在的冲突使我更加沉默，我不知道该怎样调节自身与外界的矛盾，也变得比以往任何时候都惶恐。我没有那么强硬的性格，能够跟自己所处的环境彻底决裂，我所有能做的只是保护好自己而已。

每天晚上我都告诉自己，不要胡思乱想了，好好学习吧。用功读书成为我的一根救命稻草，晚自习结束后我一个人留在教室里背政治，熄灯以后躲在被窝里打开手电多做几道数学题，为了早点上早自习，清晨五点钟就起床去学校食堂排队买饭。我的成绩很好，但我也成为别人眼中不可理解的存在，我一天天地更加沉默，依旧找不到问题的答案，依旧惶恐地过着自己的生活。

就这样，我过完了初中二年级。时至今日，我慢慢地看清了那段最难挨的一个学年对于我的意义。不管它为孤独的我带来了多么大的痛苦，我都感谢它。它让我完成了自我的一个“蜕变”，并让我在这短短的一年获得了极大的成长。于我而言，那段时光对于自我的认知，对于今后的生活都有着莫大的意义。

后来我升入初中三年级，并在前半年因为成绩优秀考入当地高中的实验班，得以提前离开这所中学并早一点开始高中课程的学习。对此，我曾感到极大的庆幸，可我也知道，即将到来的三年高中生活，我将面临更大的压力，那将会是一段更加难熬的时光。我距离人生的关口越来越近，接下来的生活我又将如何应对呢？

我想，从此我将很难得到快乐，还有一些疑惑和问题，我一边行走在人生的路上，一边思考。时至今日，我已不急于求得这些问题的答案，因为有些问题，是要用一生去解答的。

此间适年少(一)

我一直都知道,未来的某一年的某一天,或许下午三点的阳光刚好打在脸上,我必将重新翻看这篇文章,然后这一年的这一天,就不紧不慢地向我走来了。已经三年了。

三年前的文字,在今天看来显得相当稚嫩,我努力回忆那年的所思所想。是的,之所以写下它,是想把它作为自己一个时代的落幕,就像当下所写的这篇文章也将宣布一个阶段的终结一样。

我不知道自己为什么会这样恋旧,闭上眼,脑海里全是过去的事,不需要刻意去想,它们就一股脑地涌上心头并来回闪现。也许我真的在过往中记住了很多瞬间,就像十年前,在去往外婆家的路上,在穿过一条巷道的一刹那,我告诉自己,记住现在,记住现在,然后就真切地记住了——那时刚刚下过一场雨,空气里还弥漫着叶的香,青灰色的瓦墙上,一片翠绿的葡萄叶上刚好落下一滴露珠,我转过身去,嗅到的全是旧时光的味道。

“在那时候,那些东西正面背面都领受着月光,我不回头就看见了以往。”我不需要转过身,只要闭上眼,就能看到过往。这是我很喜欢的一句话,我把它抄录下来,记在笔记本的扉页上,愈发觉得,我那落了雪的岁月,敞开面向旷野的岁月,就这样从一直踏着单车的我、行驶在暮色里的我的耳边呼啸而过了。

有人说，人到中年，就会对过往的一切产生强烈的眷恋。我还未到中年，然而这情结却提早光顾了我，让我对着过往的风，微笑而神伤。乱世佳人(本名甘世佳)曾写道，十七岁开始苍老。而我，已经快要十八岁了。

我总是倔强地做出抵抗的姿态，一边强迫自己每天对着太阳说“你好”，一边又退守角落，看着过往行人的熙熙攘攘。身边的人对我说：“又没有人欠你钱，你干吗总摆着一张臭脸。”突然间就刺痛了我，我知道自己很沉默，可是真的会总摆出这样的表情吗？我真的也会不经意地伤害到别人吗？我是真的已经习惯了自己麻木的表情，所以也已经意识不到这些，我知道自己的脾气会突然变得很坏，是我真的不会说，所以才选择了写。

越长大，越发觉得时间的匆匆。我开始习惯性地熬夜，不想安睡，不能安睡，害怕睁眼闭眼间又将迎来新的破晓，不知道这算不算是“倔强坚持，对抗时间”，算不算是“与日争辉徒消瘦”。关了台灯，黑暗中，听见年轻的心脏在撞击胸腔，坏了的水龙头一直在滴水，以及钟表转动时那躁耳的金属摩擦音，像是生命的流逝，听得人心惊。

用很长的时间看完《凉宫春日的消失》，来自未来的朝比奈说，总有一天，你也会怀念自己的高中生活的。然后这句话就一直飘荡在我的耳边，总有一天，总有一天啊……幸而高中生活于我还未曾远离，我可以一边祈求时光走得慢一点，一边细细地感慨着自己寸缕光阴的流逝。

隔着教室走廊上那深蓝色的玻璃向外望去，我听到风吹过枫树哗哗作响，看到有几只鸽子从人群头顶掠过，片片棉花云间或遮住阳光，落下一大块的阴影……我又提醒自己，记住现在，记住现在。那一刻，所有年少时曾经记住的画面一齐涌向我，那些曾经沉淀在记忆里的图画，它们全都闪着夺目的亮光。

“有一天，在某一处山洼里，势必会跑上来一个欢蹦的孩子，抱着他的玩具。当然，那不是我。但是，那不是我吗？宇宙以其不息的欲望将一个歌舞炼为永恒。这欲望有怎样一个人间的姓名，大可忽略不计。”史铁生的《我与地坛》，我读过一遍又一遍，仿佛听到了整个宇宙的叹息。

过去了，一切都过去了，人是在患得患失中成长起来的，不断磕碰，不断疗伤，不管怎样，所谓成长，归根结底是一种幸福，大概就是这样吧。

此间适年少(二)

一个时代终结了。一个什么样的时代终结了呢?是我终于告别了那样一段令人难堪和难过的初中岁月,还是我终于彻底摆脱了自己那点童年的天真和幻想呢?那时候,我刚升入高中一个月,对未来的一切都不抱任何乐观的期许,从来都不觉得在一个实验班里我的学习成绩能够出类拔萃,然而我还是很努力。我从来不觉得自己能真正地了解别人,但对于周围的人也毫不吝惜自己的善意。我与这个班级保持着不近不远的关系,我不是合群的那个,但也不是最不合群的那个。在经历了初中三年的生活后,我再也没有力气对周围这个我不满意的环境做出抵抗的姿态,我要去稍微地适应它,然后好好地保护自己。

我是一个无比恋旧的人,直到今天在这一点上我仍深信不疑。我反反复复地提到自己对于过往的眷恋,有一天,我突然就想,我到底在眷恋着过往的什么呢?当我提到“过往”这个词的时候,我最先想到的,是我站在外婆家的院子里,对着一棵高大的槐树出神,外婆在院角掘起一抔抔的黄土,下面埋着她保鲜的香菜,这样的画面好像成了我记忆的起点。

在接下来的高中生活里,我沉默着一个人奔跑,与之相对的,是我看到人家呼朋引伴,一起走在成长的路上。我从这一个集体游离到另一个集体，可是我最终没有属于任何一个集体。我偶尔会羡慕他们，大家的欢声笑语对我仍有着诱惑力。当我满怀希望地走过去渴望融入这个集体时，又发现自己的沉默与不善言谈似乎永远无法让我真正地靠近他们。我既不能融入他们，又没有与这个集体彻底决裂的勇气，于是在犹豫中一次次走近，又一次次远离，在希望和失望之间不断地寻寻觅觅。

我记得班级里有一个高个子男生，清清瘦瘦，坐在最后一排，桌子上摆满了自己买来的学习资料，他永远都趴在那里做题，我从未见他与任何人有过交流，他宁肯亲手为自己建起一座城堡，然后把所有人隔绝在门外。我时常打量他，可是从来没有走近过他。他这样用功地学习，又这样与人隔绝，他一定是一个有信念的人吧。他的成绩很好，可是他拼尽全力的学习状态不会为他赢来尊重，在周围人的眼中，他是一个“怪人”，甚至遭受别人背地的冷嘲热讽。可是我从来不这样觉得，我能够理解他，因为他从来不在乎周围人的眼光，所以，我羡慕他。

直到高中生活结束，我没有跟他说过一句话，也从来没有主动去了解过他，关于他的一切，都来自于别人的闲言碎语。我也从来没有尝试着跟他成为朋友，原因是我自己也说不清的。也许是我从来不擅长主动，也许是担心周围人的异样眼光，也许害怕自己被拒绝，但是不管怎样，我是欣赏他的，欣赏他为了一个目标可以那般坚忍。整个高中时代，我不知道他有没有注意到有一个人一直在远远地看着他，那是一个可怜人对另一个可怜人的同情和惋惜。

想来高中三年我们并不如何熟悉，那时候我只是隐隐觉得我们很像。高中毕业以后，我再也没有见过他。他也终于如愿考进了名牌大学。有一天我偶尔听过去的同学谈起他，大学时代的他变得积极而善于交际，整个人已经脱胎换骨了。我微微一笑说：“那很好啊”，然而心里却觉得若有所失，这个世界上永远没有人是一成不变的。

我以前一直以为，总有一天，我也会怀念自己的高中生活，然而直到现在，我可以很明确地告诉自己，我并不怎么怀念它。短短的三年时光，仅仅是弹指一挥间，因为从未融入那样一个集体，也并未与任何人结下亲密的友谊，所以三年的人生旅途只有我一人在挥鞭策马，所以时光对于我而言也就走得更快一些。后来离开高中，我突然明白了为什么我是永远无法走进集体的那个：我是走读生，既然没有与大家朝夕相处的生活经历，又何谈建立亲密稳固的情谊呢？我不知道把一切都归因于我是走读生是否正确，但有一点是可以肯定的，那就是我早就失去了那种将自己的热情释放到空气中去感染周围人的能力，说到底，我不是一个讨人喜欢的人。

在上一篇文章的结尾，我说“过去了，一切都过去了……所谓成长，归根结底是一种幸福”。其实我做不到那样洒脱，似乎一直都是这样，我犹豫不决，我模棱两可，我想要表达的语言也混乱而缺乏条理，那段过去并不太久。关于高中生活，我所有的描述都充满了欲言又止的意味，归根结底，我能够用我的笔描画出的，只有我自己。

流年，焉懂，六月芳菲天（一）

我怕路旁风景倒退得太快
已落尽的繁华我来不及记下

在一条阴暗的甬道
在别人看不到的地方
你一步三回头地踽踽独行
抚摸着冰冷的墙壁和无尽的长廊
你对着它们泪流满面

你无法忍受的事情太多
你对一切的喜欢厌恶无法加以掩饰
你觉得其实没必要对每个人都好
无私的给予被看作理所当然
善良的宽容被看作退缩软弱
你想，或许竖起棱刺来更好

终于有一天，你也找到了朋友
你甘心每天早上去喊他起床

甘心帮他打热水，甘心把一切都告诉他

你以为所有的甘心一定能够换来一份稳固的友情

可是你错了，有时候人与人的交往是互相利用的

你就是被利用的那个

你终于决定要好好学习了

拼命地读书，像是输红了眼的赌徒

你不过是想证明一下自己

你作文获了一张证书，语文考了最高分

没人拍着你的肩膀说，喂，你真不错

数学课上你在全班人诧异的眼光中站起来对老师说，你这个地方讲得不对

体育课一千米体能测试，你把衣服扔在草地上

拼了命地跑在最前面，然后自己一个人躲在角落吐酸水

你也可以用背影告诉别人，你从来没有停下

你在墙上贴着“天行健，君子以自强不息”，你觉得很满足

你在一张白纸上写下“我要去浙大，我要去江南”

你觉得自己很了不起

你觉得自己一个人唱独角戏原来也可以很满足

你突然觉得，或许应该积极地面对生活

然后你就买了几条小鱼

把它们养在新买的鱼缸里

煞有介事地把它摆在书桌上

然后心里盘算着，是三天换一次水好呢还是五天换一次

可是它们很快莫名其妙地死掉了

偶尔也对这个世界充满感激

站在操场上看着满眼的绿觉得很欢欣

看到小孩子打闹会觉得眼睛溢满温柔

看着湛蓝的天空也会觉得世界上仍旧有着美好的东西

你记得很多事

十年前你和同学们一起在操场上堆雪球

在芙蓉树下一起捡那些粉红色的小伞

你写下很多文字,用来记录自己的心情

别人投来褒贬不一的眼光

没有关系,你只是写给自己

冬天的时候,门口老大爷对你说

快走吧,不用掏校牌了

你饭卡丢了,政教处的老师对你说

饭卡的右上角挖个小孔,挂在钥匙串上就不会丢了

化学成绩不理想,老师帮你分析原因

两次相同的台词让你觉得她其实对每个同学都是这么说的

不管怎样,这一切都让你很感动

一个人独处太久

就会让你对别人不经意间给予的一丝一毫都永远心怀感激

你一直幻想着

自己走的是一条林荫道

路旁的梧桐树遮住了一丝丝一缕缕的阳光
地上是斑驳的碎影
你突然转过身，开始对一只翩跹而过的蝴蝶微笑

“用十倍苦心做突出一个
正常人够我富议论性么”
你突然就喜欢上了这首《浮夸》
你觉得那唱的就是你
“夸张只因我很怕”

我怕岁月太短
记忆抵不过流年
故将此记下

流年，焉懂，六月芳菲天（二）

写下这些的时候，整个五月快要过去，六月的盛夏正在招手，当我有气无力地行走在这个如同蒸炉一样的城市中时，内心也随之燥热得难以忍受。那时候整个高一已经过去一大半，在那个我所爱慕的女孩对我说了永远再见以后，在发现一些友情离我越来越远以后，在我的成绩一落千丈以后，我突然发觉，好像我什么都没有了。那个即将到来的酷夏，变成了我必将走过去的一片熊熊火海，那个敏感的、脆弱的、要强的孩子，他把内心所有的难过写成文字，流年，焉懂，六月芳菲天。

直到今天，我依旧能够体会到我那时的感受：忽然间我觉得很累，我知道自己不该停下，可是我已经没有了迈出步伐的力气；我想沉沉地睡过去，可闭上眼睛脑海里全是对自己的谴责；我无法入睡，却在每一个深夜虔诚地祈祷——但愿一觉醒来，所有正在经历的一切不过是个梦魇，我仍旧是那个四五岁、人事未知的孩子。

那时候，我几乎对自己失去了全部的自信力。我看到那个多愁善感的孩子退守阴暗的甬道，这样就不会有人看到他，无论什么时候都那么倔强，永远把自己的脆弱隐藏起来，永远以一张什么都不在乎的面孔，走在熙熙攘攘的人流里，再也不想将心里的一切向人诉说。因为害怕，他不想得到任何人的同情和关照，他要努力地去保有自己最后的尊严，他从来不需要别人的同情，只是在每一个临睡的深夜，不断地告诉自己，一切都会好起来的。

当我后来再看这篇文章时，我诧异于自己当时的消沉。我所经历的一切都是那样的微不足道，却在很长的一段时间里不断地掀起心海的滔天巨浪。而人生远有比这更加使人难过的事情。

我从来不是一个平静的人。尽管我也渴望内心的平静，可我深知自己远没有别人眼中看起来的那样波澜不惊，只是因为一个人待久了，习惯了自己向自己诉说，通过文字、通过音乐、通过画笔，所有那些不安的躁动，我努力地克制着它们，避免它们外现出来，避免它们摆脱理性的控制，避免自己失态。

高一结束的那年暑假，那个无比燥热难挨的暑假，我开始慢慢地自我疗伤与恢复，并慢慢地从自己给自己设的局里走出来。并不是我有多么豁达乐观，而是我的内心深处仍旧还有一丝一毫的不甘。我知道父母会体谅我的压力，可是我无法原谅自己。那点微不足道的不甘，让我咬着牙关对自己说，再努力一下试试吧。我依旧沉默着行走，没有跟任何人诉说我的坚持，但是我知道自己开始有了一些变化，我像大多数人一样补课，我对自己说，这是一场赌注，要是输了，就干脆自暴自弃吧。

一进入高二，学习就变成了一场拉锯战，每个人都在这个时候开始确定自己的目标。班主任让每个同学在纸上写下自己心仪的大学，然后把它们贴在教室的后墙。每天下课都会有人在那里驻足观看。我记得自己写下的是浙江大学，好多人都写了浙江大学。

"在北方的一座城市里,有那么多的学生同时渴望着几千里之外的一座美丽的城市,一所全国著名的高校,真让人觉得欢欣鼓舞。"我记得化学老师曾站在讲台上这样说道。

然而那时候其实所有的任课老师都知道,在这所并不怎么知名、勉强算是重点高中的学校里,绝对不会有那么多人变成凤凰飞上高枝,一定会有人败下阵来,只不过一切尚遥远,不知谁先掉队而已。老师们的猜想没有错,只是他们那时候也没有料想到,最后高考的成绩,我们这一届的毕业生远没有他们认为的那样优秀,只有一个人考入了浙江大学,一切都像是讽刺一样。

进入高二,经过一段时间的自我调整以后,我的成绩开始突飞猛进,并且渐渐能够考进班级前列。偶尔会有老师过来对我说,这次考得不错。在老师肯定的话语里,我知道什么东西都是要用力争取的。

后来我想,也许那时提早到来的回馈于我而言未必是一件好事。整个高二尚尽如人意的学习成绩,让我在即将到来的高三有了些许的松懈。直到高考前,我再也没有找回那种为了一个目标可以奋力一搏的学习状态。我不像大多数人一样,能够在最后时刻榨干身体的最后一丝力气以高昂的姿态奋力前进。我累了,这次是真的累了。我那点不甘的精神早就已经用光耗尽。在大家奋力学习到深夜的时候,我早早地就闭上了眼睛。我提早地透支了自己的精神,自然要用以后的时间去偿还。

整个高中生活已经过去,它并没有给我留下多么快乐的回忆,更多的是我在三年的人生旅途中与自我的较量。很多琐碎的事情,我以为自己会彻彻底底地忘记,但是我一边写,却一边回忆起了那时候发生的一切,捎带着对于过往的感受。想来它并没有多少与人诉说的价值,可是我还是喋喋不休地用笔讲述着它们。我不止一次地对自己说，我要用文字去缅怀，我要记录下发生的一切，更重要的是，我要从那样一段时光里，更好地看清自己。

我知道有很多东西倘若不提早记下，它们迟早会湮没在时光的河流里。我深知真正广阔的生活还远未展开，但那也是在不久的将来能够看得到的事情。到现在我还身处在这样一段蒙昧的人生状态里，为了给自己的将来蓄力我要不断地写，不断地记录。

回忆连接成线(一)

一

常常会不经意地路过母校

有时候出门闲逛会经过

有时候下了晚自习去商店买东西会经过

常常站在门口向里张望

听说教学楼后面那一排高壮的芙蓉树都被砍掉了

那时候土操场还没有换成塑胶跑道

哦对,那里生长着一种植物

叫作辣根

二

小时候喜欢 Jay

那时候电脑手机都没有普及

买一个复读机,买几盘他的带子戴着耳机天天听

长大后,一如既往地喜欢

听他早期的歌曲

就像是重新回到了过去

三

喜欢下雨天
从小就喜欢
喜欢毛毛细雨
喜欢在外面闲逛
不用担心淋湿,也不用担心感冒

四

印象中,小时候有很多的朋友
一起咧着嘴笑
现如今,很多人见面已经不知道该怎样打招呼
几个保持联系的朋友
都散落在这座城市的不同地方

五

关于我,一如既往地做一名配角
静候英雄从康庄大道上慢慢走来
而我拼命鼓掌就好
我相信一些东西
只有历经时间的稀释
才有消失的可能
没有什么需要刻意遗忘
我知道这就是成长

回忆连接成线(二)

有人说过,回忆等于第二次拥有生活。如果有一天我能够拾起自己的回忆,我会把它们捧在手心仔细打量——它们当初怎么会是这个样子呢?

——题记

一

我的小学离家很近,倘若不计围墙,直线不足百米。我在那里安稳地度过了小学六年。我记得教过我的每一位老师,记得他们的名字,记得他们的举手投足,他们待我并不如何,但记住就是记住了,从来没有刻意。不知道当年曾经教过我的老师们如今是否还在任教,还有小学门口的邱老头,那时候我们常常把塑料瓶、纸壳、纸背拿与他卖钱,他大概已经退休了吧。小学毕业后,我再也没有回去过。但是有很多次我站在校门外向里张望,那里曾经有我的甜蜜梦境。三楼中间靠左的那间教室,是我小学六年最后待过的一间教室,我曾在第二排桌子的桌缝里,塞过一张纸条,上面写着:打开的人是傻瓜。我还在我自己的桌洞里用蓝色钢笔认认真真地写下一句句情歌的歌词,那些字句很快就被岁月剥蚀殆尽。

母校的变化并不很大。低年级的教室前曾经种着冬青,现在换成了小栅栏。教学楼的大厅前曾经有两棵粗壮的树木,大概因为实在不美观,所以现在已经消失不见。初中部的楼后面曾经有一排碗口粗的芙蓉树,十月份的时候开满鲜艳的芙蓉花,茂密的枝叶张开来,像一张巨大的花伞。下课以后,孩子们争先恐后地跑到树下,嗅着空气里甜得腻人的花香,拾起那一个个松蓬蓬的粉红色花朵,把它们攒成一簇簇,放到花瓶里。

然而不知为何,那排芙蓉树今已不见,取而代之的是一排排的布告栏。

土操场上生长着一种草,它的根部可以吃,涩涩的,有一点辣味,也不知道是谁先发现的。从此以后,每到体育课,大家都在操场上挖掘这种植物,并美其名曰"辣根"。那辣根味道并不甜美,但是大家还是会乐此不疲地挖掘,在操场上开垦出一个个的小土坑。毕业那年暑假,学校开始修建塑胶跑道,柔软的塑胶和假草皮覆盖了原来的土操场,大概从此以后再没有人知道,那里曾有一种叫作辣根的能吃的植物。

二

我从很小就开始听周杰伦的歌曲,那一句句浑浊不清的歌词,一直飘荡在我整个的人生岁月里,变成了我永远的记忆。那时候我从一家家音像店里搜索周杰伦的磁带,然后买来放到复读机里戴着耳机一遍遍地听,直到记熟了所有的歌词,记熟了所有的曲调。

如今"周杰伦"三个字早已成为一代人青春记忆的代名词。

他也已经是一名温暖的父亲，而我却突然怀念起他刚出道时候的样子，在一支MV中，他挥舞着双节棍“哼哼哈嘿”，灵动十足，那时年轻的模样，风华绝代得让人不敢直视。

缓缓飘落的枫叶像思念
我点燃烛火温暖岁末的秋天
极光掠夺天边
北风掠过想你的容颜
我把爱烧成了落叶
却换不回熟悉的那张脸

我一边把《枫》的歌词认真地抄写在笔记本上，一边轻轻地唱着、想着年轻的心事，那就是年少的我，那就是再也回不去的我的模样。

三

我的很多童年记忆都是浸润在雨里。

小时候，有一段时间我天天住在外婆家。那时候，每当下雨，我便会静静地坐在床上，隔着纱窗，呆呆地向外望，听着不时响起的咕嘎咕嘎的蛙鸣，嗅着雨天独有的潮湿的土腥气，看着那涓涓细流汇成小小的水潭，还有满地溅起的水花和梧桐树上洒下零零星星的白光。

临近小学毕业的那段日子一直都在下雨，我记得大家坐在教室里，轮番站起来发表毕业感言，不知道是谁先哭了，最后教室里传出了断断续续的呜咽声。人生的第一次离别、伤感和不舍深深地撞击着每一个年幼的心灵。即将到来的中学生活，已经远远地在向我们招手，很多的人，可能永远都不会再见了。然而我们那天还是很开心，班主任带来的蛋糕，被大家任意地涂抹在了每一张年轻的脸上。老师再也不管我们的闹腾，这是整个小学时代最后的狂欢。成长的渴望终于战胜了离别的伤感，人的一生能有多少次狂欢呢？

进入中学的第一天也在下雨。初中部教学楼的大厅里排列着几块大木板，上面写着每个人对应的新班级。那个我很在意的名字没有跟我出现在同一列。很多小学同学都没有跟我在同一列。我落寞地一个人走向全新的未来，并真正开始觉得怅然若失了。

许多年后，我依旧喜欢站在窗前看雨，听那沙沙的雨声，看过往的行人撑把雨伞匆匆走过，依旧用力嗅那带着过往的气味的雨水。从小到大，不知道为什么会对雨情有独钟。天空有阴霾，心里便会怀着期盼；当一切都笼罩在蒙蒙的雨雾里，心里便觉得有些畅快淋漓。

从小便对氤氲在雨里的江南怀有向往，想去看看这水乡泽国的雨是怎样打湿这豆腐块一样光滑的青石板路，想去看看那千家万户缕缕青烟是怎样在斜风细雨中袅袅升起，想去体会“小楼一夜听春雨，深巷明朝卖杏花”是一番怎样的意趣，想站在那古朴的石板桥上看雨是怎样打碎翠绿的镜子一般的水面，看着一圈圈互相交错的水纹延向远方。

下雨天，我最常做的是撑着伞出门行走。我走过大街、广场、树林，看着过往的行人、飞驰而过的车辆、矗立的高楼大厦，还有闪烁的霓虹灯，一切终于在无边的雨幕里安静下来，这是雨水浸润下的水墨人间。

四

小学毕业以后，故人相见开始变成一件使人难堪的事。每个人都在努力融入或者组成新的圈子，曾经的小学同学开始慢慢疏远，这一切都那么顺理成章、毫无差错。

很多时候见面变成一种尴尬，也许假装看不见更好。我知道大家都是这样，只是都不愿提起。那段亲密无间的同窗生活过去就过去了，人还是应当始终向前看。只是在人们毫不迟疑地奔向全新的生活的时候，我却依旧沉湎在过往，最后陷入无止境的伤感和对过往的缅怀。

再后来初中毕业，高中毕业，再没有哪次分别能激起我强烈的情绪，散了就是散了，甚至连一句“再见”都没有说出口的必要。

五

我知道自己永远无法成为英雄式的人物，因为没有那样的本领，也没有那样的性格。我甚至是一个有些畏惧日光的人，归根到底，我只喜欢一个人待在某个角落，做着自己喜欢的事情。哪怕一辈子都是简单而平凡地度过，似乎也不错。

在整个中学生活里我慢慢学会了如何去承受一些东西，这也是沉默馈赠给我的礼物。我把所有的感情都投入写作，用它来治疗自己在成长的道路上遭受的所有打击和伤痛，我再也不会去跟人争辩，再也不会乐此不疲地向人诉说，再也不会把喜怒哀乐放在脸上。这就是我整个高中时代的模样。我用笔记录下内心所有的躁动，然后平静地生活。那种被称为纯真的东西终将离我远去，那段青春懵懂的时光也已经走到了最末，而后面，还有一段更加漫长的人生，我要调整好自己的姿态，迎接未来的生活。

流年拾锦

窗外，明媚的阳光夹杂着嘈杂的音乐，沸腾的人群像是在追逐着什么永远无法追逐到的东西。盛夏的窗内，很热。我坐在屏幕前，用冒着冷汗的双手，码下一行行的诗句，莫名地，就有了想哭的冲动。我所有的不甘，所有的伤心、难过，最终仅仅是变成了一行行什么都不能挽回的诗句，只是提醒我曾经经历过。除此以外，我还能做些什么，说些什么，证明些什么呢？

我无比怀念最后两年的小学时光，那是仅有的一段与她一起学习生活的经历，我想起了很多事情。

我看见教室的窗台上落满尘埃，墙上深绿的油漆脱落，露出一块一块的白色，角落里是不知谁扫起的掉落的墙皮碎屑。我听见隔壁班的音乐课上传来许多稚嫩嗓音的大合唱，想象着音乐老师一定手舞足蹈地在讲台上做着指挥。而自己班的语文老师正挥舞着板擦，努力擦掉她刚才写的粉笔字，一下、两下，字迹越来越淡。刚刚擦完的黑板粉笔末飘得到处都是，语文老师干咳两声，走到床边打开窗户，轻柔的风吹进来，阳光刚好照在我喜欢的那个女生身上。

我曾经说自己再也没有回过母校，尽管我站在自家的阳台上就能看到它。其实那并不准确，因为我突然想到自己曾经在初中毕业后的一个下着小雨的夜晚偷偷跑进去。我没有特别的目的，只是一个人在校园的无边寂静里走来走去。整座教学楼里空无一人，那黑洞洞的一扇扇窗户里面，排列着整整齐齐的课桌椅，我很好奇它们是否会在夜深人静悄无一人时窃窃私语。

我想起自己刚上一年级时，一下课就兴冲冲地跑出教室，到距离自己班级很远的其他班级，找同村的小伙伴玩儿。上课铃打响时我常常找不到自己的教室，等好不容易找到时，只见严厉的班主任已经怒气冲冲地站在门口等着我了。

后来我总是重复着这样的梦境，我拼命地在楼道里奔跑，上课铃已经响了，可我还是辨不清方向，我无比焦躁地从一个个教室门口向里张望，讲台上的老师和讲台下的同学都面无表情地看着我，他们似乎在说，你是个坏学生。然后我从梦中惊醒。

我也时常做一些飞翔的梦。那是在课堂上，在老师演讲正酣的时候，我突然起身，在所有人诧异的目光里拉开窗户，纵身一跃，我只需要尽情地挥动手臂，便可以飞上树梢，绕过楼顶，或者在整座校园的上空盘旋。而教室里的同学都趴在窗边，惊奇地看着我，那真是最美妙的感受，我悬浮在半空中，向着我喜欢的女孩挥手微笑。我常常沉浸在这样的梦境中不愿醒来。

我甚至常常梦见自己回到十五六年前，我站在教室窗边，看着教室里年幼的我正高昂着小脑袋认真听老师讲着什么。我走进教室，所有的人都像是看不到我一样，我坐在那个小小的我的旁边。他问我："你是谁?"我说："我就是长大后的你啊。"然后梦境变得模糊，我从梦境中醒来。我常常希望这样的梦境能够延续下去，因为我有太多的话想对年幼的自己说，尽管他未必听得懂，然而梦境往往到此戛然而止。

我稀里糊涂地做着各种各样光怪陆离的梦，而梦中事件的背景往往是我的小学，我的村落，还有一些已经逝去的人们。

那个雨夜我走在小学校园里，漫无目的地游荡，我走过篮球场，走过操场，走过东北角的小花园。我是为了缅怀才来到这里。三年后这里的一切，似乎都跟我离开时一样，只有教学楼旁的一排柳树高了些，我似乎又看到了自己与小伙伴嬉戏打闹的画面，往昔这里发生的一幕幕都与我有关，我一转身，便踩进时光的洪流里。其实在这样一个深夜，我并没有看清太多的东西，我看到的全是过往。

楼后面的水泥乒乓球台，已经不知道使用了多少年，台面因为破损变得凹凸不平，但却是我最喜欢去的地方。还有楼后面的拐角处，放学时我常常躲在那里，偷偷地打量着自己喜欢的女孩去推自行车，看见她顺直的头发甩来甩去，然后渐行渐远。如果那时就知道三年后那个女孩会拒绝自己，那么我当时一定不会做那些滑稽又好笑的事情，但是那怎么可能呢？

我仰起头，让细雨拂过我的脸庞，使我能够从回忆中稍微清醒过来。无边的黑夜里，我听见整座校园都跟我一起叹息。在那段不需要面对选择和压力的日子里，我们只是安心地上着每一堂课，简简单单、无忧无虑地用发呆和游戏消磨时间，倘若那时我们知道今后的成长是那么不容易，或许我们将不再憧憬着快快长大。只是一切都已经回不去了。

整座夜色笼罩下的校园，只有校门口有一处昏黄的灯光。在无边的细雨中，那盏灯火氤氲开来，一切都开始变得朦朦胧胧。我远远地看着这所曾为我带来最愉快和最伤心的记忆的学校，在心里默念着：再见，我就要离开了，恐怕今后再也不会回来了。

我开始畏惧盛夏的阳光，刺眼的亮光就像洞穿了我的所有，让我如同透明般脆弱。我的房间永远窗帘紧闭，在一片昏暗中我能够更加从容地面对自己，面对自己码下的一行行字，写下的一行行诗。电脑屏幕散发着微弱的亮光，而我对着屏幕久久出神，我还是能够想起她对我说自己过得很好的那个夜晚，还是能够想起在孔明灯上写下心愿的夜晚，还是能够想起对着黑暗流泪的夜晚，我还是能够想起那么多的东西。

在这些东西快要写完的时候，我在自己的房间里来回走动并拉开了一整个假期都不曾拉开的窗帘。蓦然亮敞的房间让我有些不适应。久久得不到阳光照射的木地板，在洒满阳光的地方缓缓升腾起檀香的味道。在一阵久坐的眩晕中，我闭上眼，眼前是一片温馨的黄晕，原来阳光已经没有那么刺眼，变得和煦而温暖，原来整个夏天就快要过去。

捎带着的，那段阳光不入、飞鸟不来的自我封闭的日子终将远去，我梳理起自己被雨水打湿的羽翼，收拢起浑身的棱刺——尽管我从未用它刺伤过别人，我要用更加从容坦荡的姿态上路了。我不断地重复地说着，过去了，一切都过去了，曾经那片暗淡的天空，曾经那块荒芜的花圃，曾经那些在我看来不够美好的一切，都已经成了过去，一段全新的旅程就要开始。

夕阳晚照，我打开窗户，让清凉的微风吹进来，落日的余晖下，人们陆陆续续地归家。不会有人知道，曾经那个无比彷徨的少年，此刻正在用微笑与这个世界握手言和。

苒苒流光，碎金半盏

无边的夜幕下，数不清的孔明灯正在缓缓升起，微弱的火光承载着我们称为梦想的东西。目光所及之处，尽是年少时候的期许和希冀。它们最终会飘向何处呢？那么多的放灯人双手合十，闭上了双眼。身后是将尽未尽的音乐，眼前是依旧欢腾的人群，远方是时隐时现的路灯，再远方，是浓重的夜和落寞的黑暗。

三年前的那天，我从未想过，若干年后，自己会将那时的一幕幕以这样一种方式重新汇聚到笔下——台灯正散发着柔和的光线，将我的影子投射到身后的墙上，我转过身去看着它，它也侧过身来看着我，是被那时候人们脸上的虔诚感动了吧？三年后，多少人的梦想实现了，多少人自暴自弃了，多少人笑了，多少人哭了，那些带着愿望的孔明灯，都飘到了哪里呢？

看守车棚的老太，我时常遇见她，许多个炎热的午后，她就坐在图书馆阴凉的水泥地上乘凉，旁边的凉席上睡着她年幼的孙女，总是在咕哝咕哝地说着梦话。老太一边轻轻地吟哦，一边注视着熟睡中的孩童，遍布沟壑的黝黑的脸上尽是慈爱。在那过往的燥热的风里，我突然就嗅到了芬芳的味道，人们穷尽一生去追寻的幸福，也不过是微小如此。

我去集市买东西，卖里脊肉饼的阿姨突然叫住我，问我是否认得她。我仔细地打量着，心想她的年纪恐怕只比我妈小一些吧，但不管我如何仔细搜索脑海里的一切，也找不到关于此人的一丝一毫。她又自顾自地说道："我也在你上学的路口那卖早点，你没注意到吗？"

原谅我一路飞驰只在乎前方的路，路边的摊位实在无暇顾及，我只好尴尬地笑着说："抱歉，我真的不认识。"她像是不甘心，最后近乎焦急地对我说："真想不起来了吗？小时候你妈妈常抱着你来我家玩，我还哄过你呢。"至此，我终于知道自己为什么记不起，她口中所说的小时候，大概要追溯到我四岁以前吧，那时候我们还没有搬家，我也还很年幼，那确实是我的记忆所不及的。

从那以后，我便对她心怀愧疚，有人一直记挂着你，你却已经将她忘记，我想无论于她还是于我，都是一种难以诉说的悲哀。在后来许多个清晨上学的路上，我果真看到了她，只见她系着围裙，一阵忙碌，我叫一声"阿姨好"，她冲我笑笑，说："走得好早啊。"我想，这也是我唯一可以用来弥补歉疚的方式了。苒苒流光下，其实还有那么多我们可以称之为感动的东西，无论它们多么微小，都显得弥足珍贵。

炎热的夏季，聒噪的蝉鸣，让人无比怀念那些洋溢着冰棒和汽水味道的夏天，那些迎着热浪奔跑的日子，那些在夜深人静的马路上游荡的日子，还有那些站在屋顶上看夕阳西下的日子，它们都将随着儿时的玩伴走向四面八方、一去不返了。我又记起那个临考前的春天，升哥把我和辉叫在一起放风筝，重温那些孩提时代难以割舍的快乐。"我喊一二，你就放手！"看着他们沿着逆风的方向拼命奔跑，我恍惚觉得，其实岁月从未改变过谁，我们也都还是年少时的模样。辉突然问："知道风筝的梦想是什么吗?”见我们不答,他继续说:“是挣脱手里的这条线。”我良久无语,在他的眼中,线是束缚,风筝是对自由的追逐,辉的未来,大概会像他形容的那样吧。然而我却不愿这样理解,我更愿意把线看作珍贵的羁绊,正因为线的牵引,地上的人才能与天上的风筝相互联系,不至于遗失美好,让天上的风筝找不到归宿。其实,再进一步说,我们谁不是天上的风筝?谁又没有地上的放线人呢?

我手持着那天放风筝的照片,心里想着,人无论怎样耐心地捡取搁浅在记忆海滩上的时光贝壳,最终拾取的,也不过是碎金半盏。

那天我们都躺在草地上,茫然地看着不着丝缕白云的天空,升哥问我:“真的要去南方吗?”我说:“是的。”江南,我已经想了好久。微风拂面,大家都不再说话。我知道,要离开的不是只有我一个,要不了多久,他们都将开始他们的军旅生涯。我一直在想,若干年后,我们都会成为什么样的人呢?故事会一直延续到哪呢?

我曾经跨过山和大海 也穿过人山人海
我曾经问遍整个世界 从来没得到答案
我不过像你像他 像那野草野花
冥冥中这是我 唯一要走的路啊

我相信我们不会后会无期,因为我们走的,是一样的平凡之路。年少时的我们都曾那么渴望命运的波澜,但生活会慢慢教我们学会释然。无论不甘的心多么渴望时光能把一切还原为原来的模样,我们还是要毅然地面对发生了的一切,因为,我们都会长大。

拾年(一)

总是做一些并不冗长的梦，在梦境中我一直在飞，只要挥动手臂，就可以越过一座座耸立的老楼和挺拔的孤零零的树木。但也并不总是这样，有时候是在无边的宽阔的海面上，我无处落脚，于是拼命向头顶那片苍穹飞去，越接近天际，越觉得头痛欲裂，然后放弃、坠落、惊醒。从梦境中撕扯而出的头痛，还要一会儿才能平息下去。重复地做这样的梦，总让我觉得命途似乎在向我揭示些什么，但我不得而知。

清晨洗脸刷牙，冷水扑在脸上，我看着镜子里那张有些陌生的脸，突然发现自己竟然有严重的黑眼圈。我不经意地跟母亲说起的时候，她端详了我一会儿，轻描淡写地说："到底是母子。"然后把她的黑眼圈指给我看，我一边笑一边想，连这都可以遗传吗？

不得而知的事情有很多，例如，种了好久的含羞草有没有抽出新叶，追了好久的动漫有没有更新，窗外放了好久的那颗鹅卵石是否还在，这个冬季是否还会下雪……日子就在这些纠结中一天天地流逝了，高中时代也很快就要接近尾声。

我很清楚，在不久的将来，我一定会怀念自己的高中生活，不知道提前缅怀是否会给那时的自己减轻一份惆怅。自己的高中生活确实乏善可陈，可转念一想，你又想要怎样的生活呢？不得而知。所以还是平平淡淡才够踏实欣然吧。早上早到校可以多背几个英语单词，中午早到校可以多整理几个错题，似乎一直很努力但也一直在原地打转。偶尔上课会打盹，看着窗外也会走神，就这样，高中时代过去了。

我从来就不是一个可以真正淡泊名利的人，所幸的是，我也从不会欺骗所有人说我不在乎。我相信生命的终点处，是一些简单而原始的东西，但总要绕回一个圈才能得到。其实我的内心深处，还是渴望功成名就的，借着这点卑微的信念，我坐在教室里安静地读书、学习。心底有个声音一直在告诉我，你不能庸碌地过完一生，你还没有为这个世界留下你的印记，你还没有向这个世界宣称你曾来过。我想，一辈子我们总要留下些什么，不然就白走了世间一遭。

外婆曾拉着我的手，不厌其烦地问我想上什么样的大学。我说：“我不知道。”外婆又说：“你可别走远了。”我沉默了良久，说：“现在交通发达了。”我相信外婆一定感受到了我那颗躁动的心，所以她什么也没有再说。是的，我强烈地向往着远方。江南，那里的一切都让我着迷，青灰色的泥瓦，墙皮脱落的白色屋邸，落满乌桕的辽阔江面，身披蓑衣的钓翁，夜半姑苏城外的钟声，还有斜风细雨中的燕语呢喃，撑着油纸伞走过青石板路的行人……假期去买彩印的书籍，不仅因为文字吸引我，更因为上面印有我向往的古色古香的江南建筑。用手抚摸那些画，就会感受到一种召唤。如果真的有六道轮回之说，那么我的前世一定属于那里。

拾年(二)

写下这篇文章的时候,高中生活也快要结束了。可是我依旧记得十岁的那年,刚来小学任教的一位年轻教师为我们描述她那充实而忙碌的中学生活,让我小小的心里对中学充满了渴望,从她那放出光芒的眼睛里,我仿佛也看到了自己放着光芒的眼睛。只是眨眼间,我自己的中学生活快要过去了。那时候我一个人骑着自行车,在这座城市里兜兜转转。当时风并不凛冽,刚下过的大雪在等待着消融。我不断地想着,一切真的快要过去了,这段难熬的中学岁月,它并不如我最开始幻想的那般美好。幸而一切就要过去了,紧随其后的大学生活又会是怎样?我会不会走向全新的生活,从而迎来自己不一样的人生呢?

我从来不是一个聪明的孩子,甚至是一个显得笨拙的孩子,所以我总需要比别人更加努力。然而我所有的努力,也不过是保证自己没有落下而已。直到高三的最后关口,我突然间发现,我所有自以为的努力,不过是一种虚幻的自我陶醉。那些真正努力的人,可以不眠不休地学习,并且仍然能够以昂扬的斗志迎接新的一天的到来。还有那些无比聪明的人,他们能用高出我两倍三倍的效率做比我多得数不清的题目。于是那时我开始接受了自己停滞不前的班级排名。我也意识到人与人之间真的是有差别的，人在学习的天分上绝对有高下之分，而且这种天分往往是人一生的学习过程中无比重要的东西，虽说勤能补拙，然而终究是差了一些。

意识到这些以后，我所有的不甘逐渐消失殆尽。这就是现实，更不用说我身边有那么多既天资聪颖又踏实勤奋的人，他们是我难以望其项背的。然而我并没有消沉，依旧像以前一样学习，每天早到校半个小时背诵英语单词，晚离校二十分钟多做一道数学题，回到家里再做一个小时的练习题。这就是我所有的“努力”，我再也不敢在人前以“我是那么的努力”自居。我也不想改变现状，或者说不想再多用功一步。在最后的关键时刻，在最不应该放弃奋发拼搏的时刻，就连高考也不再能激起我前进的激情，而我所有的精神气力，都已经消耗在那段自我调整的时期里了，就像橡皮筋紧绷得太久会变得松弛，而我已经快要忍受不了这样的生活了。

其实我从来没有担心过自己会考不上一所重点大学，因为在这样一个班级里几乎所有的人都能考上重点大学，而我的成绩又一直处在中等。我索性对自己说，就这样吧，似乎也没有什么不好。我唯一祈求的，不过是在高考时不要发挥失常，仅此而已。后来发生的一切也都顺理成章，高考成绩不悲不喜，父母与我都很坦然。在父母的眼中，或许我最终的成绩只是让他们没有失望而已，而在我自己的眼里，一切也不过是恰到好处。只是偶尔想起高二那年我曾经满怀豪情地写下“我要去浙大”这样的誓言会觉得好笑。

生活其实充满了将就，似乎一切也不过就是“而已”而已。

记得在高一开学的前一天晚上，我也是一个人骑着自行车绕着所处的小城兜兜转转，酷热的盛夏已经到了穷途末路，整片夜色中迎面而来的风里终于有了凉意，而我一直在想着自己接下来的日子：难熬的初中时代已经过去，更加难熬的高中时代就要来临，无论我是多么的迷茫、多么的忐忑，我都将迎接它。在无尽的思考中，我就这样绕着自己身处的这座小城兜转了一圈又一圈，并对自己说："终于要来了。"

开学的第一天是个大晴天，高中校门口挤满了家长接送的车辆，站在学校门口的父母，大多朴实无华，眼望着自己的孩子拖带着行李走进高中的大门，满眼都是慈爱和对孩子未来的焦虑。学校大门正对着一座高耸的细直石碑，石碑顶端悬挂着一尊手持花环的铜塑的天使像。每一个学子走进校门的那一刻都会驻足并抬头仰望，想象着三年后自己能够从天使手中接过花环从此出人头地。学校距离我家不远，我不需要住校，也不需要带铺盖，更不需要父母专程来送。在我走进校门的那一刻，我才真正地感受到，新的生活开始了。

那时迎面走过来两位刚升高三的学姐，我清楚地听见她们在焦虑地议论着，希望这一年能够快点过去。在那片刻间，我突然觉得即将到来的这段生活将会是相当漫长。校门口一侧的电子版上显示着"欢迎新同学"的字样，继而又显示出本年度荣升重点大学的诸位学长学姐的名字，还有那座最显眼的高三教学楼，楼顶屹立着几个朱红大字"厚天地之大美，达万物之致理"，一派恢宏模样。

紧随其后的是军训和摸底考试，我都已经没有什么印象。生活开始变得简单而单调，每一个清晨闭着眼睛吃完早饭，昏昏然地骑着自行车穿梭在上学的路上；每一个中午忍耐着短暂午休后的头痛又踏上自行车向学校进发；每一个夜晚迎着凄清的月光回家。整个高中生活贫瘠得几乎没有一点值得与人诉说的东西，日子如同白开水般一天天地过去，没有一点波澜，也没有一点略带曲折的故事，生活就像一段简单的旋律，乏味地循环了一遍又一遍。

我与父母的交流也变得越来越少。有段时间因为学习成绩停滞不前我的脾气变得很坏，父母都小心翼翼地不敢过问我学习上的事情。每一个放学回家的夜晚，母亲把温好的晚饭放到我的书桌上便悄悄离开。有段时间我几乎不能进食早饭，稍吃些什么便呕吐不止，父亲一直在一旁为我捶背，而我对着马桶一边吐一边流眼泪。那样一段痛苦的日子，我想我是永远也忘不了了。

记不得是高一还是高二的一次班会课上，班主任把一分钟倒计时呈现在大屏幕上，他让我们用心去感受光阴似箭、岁月如梭。我紧紧地盯着大屏幕上跳动的数字，仔细地听着耳边传来的滴滴声。我想其他同学也许跟我一样，也在默数着时间一分一秒地流逝。我们的日子、我们的生命就在这样一分一秒的跳动中逐渐流逝了。良久，大家都在这段压抑中沉默着。班主任不厌其烦地讲述着抓紧时间学习的重要性，一切与学习无关的事情全都被禁止，大家利用一切能利用的时间去学习，而我一心只想着让这段时间快点过去。

高二那年文理分科，一向擅长文科的我与大多数人一样，秉持着“学好数理化，走遍天下都不怕”的原则选择了理科。但倘若当时我能早一点有些对于自我的认知，也许不必绕一个大圈，在随后的大学中重新开始文科的学习并将它作为自己的安身立命之本。分科后日子照旧，只是生活逐渐被数字和公式所充斥，班主任不断地强调要加强数学和理科综合的学习，课桌上的教辅日渐堆积成山，偶尔听到同学说干脆死了算了，我明知道是玩笑话可还是会吓得心惊肉跳。

在高中生活还没有结束的时候，我一直以为自己会怀念这段时光，并在当时把这样的感受写进了文章。我以为自己会眷恋高中遇见的所有人，经历的一切事，可是都没有。也许是我一直都没有融入这个集体，也许我一直都是被忽略的存在，以至于我从未对这段生活投入自己的全部感情，这段生活也从未将它的热情回馈于我。归根到底，在这段漫长而短暂的时光中，我看到的只有我自己而已。

我总想起那时候的体育课，幸而即便是到了高三，体育课也很少被其他任课老师霸占，那时候的班主任和任课老师似乎都很开明。我也因此有了机会去憧憬未来，并且完全放空自己。体育课通常是围绕操场跑两圈，而后解散，各自活动。认真的女生解散后会坐在水泥台阶上做练习题，男生一般都在篮球场上打球。而我却常常寻一个阴凉处，坐着出神一节课，看着树枝横斜的天空，有大块大块的白云飘过，心里想着自己什么时候也能如它们一般自由自在。日子就在这样的迷离恍惚中飞快地流逝。

我记得班级中的一个小巧可爱的女孩子，她同我一样习惯安静地远离人群，只是学习要远比我用功。我们直到高二才慢慢熟悉起来。我向她推荐自己喜欢的作家和书籍，而她把自己的日记本和读后感拿与我看，想来这段情谊也是极其珍贵的。只是随着交流的深入，我想无论是她还是我，大概都能感受到，彼此终究不是一个世界的人，无论她的身上还是我的身上，都没有彼此希望看到的东西。随着高三学习压力的增大，联系终于慢慢变少了。

后来，她的高考成绩并不理想，她曾向我诉说自己的难过。

那时候她依旧是可以念重点本科的，只是她对自己的要求很高。我也不知道该怎样安慰她，似乎我一直都是一个不很会安慰别人的人。我擅长的是沉默，沉默地陪着别人一起难过。我问她是否有复读的打算，她说自己在考虑。然而她终究没有再去复读。再后来我们进入各自的大学，联系更是减少，以至于无了。

扪心自问，她是我在高中时期唯一的一位异性朋友。只是这段情谊太过短暂，而自己又缺少要去维系它的信念，导致一段原本美好纯粹的感情就这样无疾而终。其实仔细想来，我们在人生的旅途中不可避免地会遇到许多人，有的人在即将相遇的路上，而有的人已经成为过客。每一次的相遇都是为了成就最好的自己。我们不必对谁的离去而心有戚戚，更何况在别人的眼中，自己又何尝不是转身离去的那个呢？

高中毕业后我再也没有回去过。在那里教过我的老师几乎也从来没有关注过我，我只是一名普通得不能再普通的学生，他们根本没有将目光投于我的必要。我不知道该去看望哪位老师，又该与他们诉说些什么，因为彼此相待如何是心知肚明的，情分既是不深，刻意回去看望也不过是徒添叨扰罢了。

但是我还是会偶尔想起那时教过我的几个老师，在我很快就要忘记他们之前，我要稍微为他们留下一些什么。

班主任是位身形不高、略显敦实的男老师，他教我们数学。他总是笑眯眯地占用我们的课余时间让我们做他发下来的一套套数学卷子。他曾把一串复杂的代数式写在黑板上，然后在几秒钟之内用强大的心算能力计算出结果，然后潇洒地把答案写在黑板上。台下的我们看得目瞪口呆。我们一致认为，他心算的时候是最帅的。

物理老师给我留下了更加深刻的印象。高中的第一堂物理课，她介绍自己是个女汉子。她说话时嗓门很大，中气十足，尽管身材很娇小，却有一种莫名的震慑人心的气势，加上她刚刚烫过的蓬松的头发，唬得台下的同学都不敢出声。她板起脸来会让人觉得恐怖，好在她并不时常教训我们，反而课下常常与学生嬉笑怒骂打成一片，让人又敬又爱。每当她做了新发型，或者穿着光鲜亮丽的衣服走进教室时，总是引起全班一片骚动。这时她总是笑着说："看什么看，看什么看，真是受不了你们了。"她有一次当堂背诵了一段《小石潭记》，然后微微仰颌，半眯着眼说了一句"真是太妙了"，又把我们看得目瞪口呆。

化学老师是我同桌的母亲。因为同桌的关系，她也会捎带着关注一下我的成绩。化学老师是所有老师中唯一一位不会讲普通话的。她永远扎着长长的马尾辫。偶尔她写在黑板上的化学题学生做不出，她就一副恨铁不成钢的表情。每次上课前她总是习惯性先讲点其他的故事之类的内容，不知道我们那一届有没有被她当作故事讲给后来的学生。化学老师会打乒乓球，我有时在广场上能见到她。

生物老师似乎是所有任课老师中最年长的一位。我想她一定是一位慈祥的母亲，因为印象中她永远都在暖暖地笑着。然而生物课上同学们却极容易犯困。台上，老师音调高亢、激情澎湃，台下，我们却止不住地打盹。

我对这些老师的印象仅限于此。这些陪伴了我三年高中学习生活的老师，最终留在我的脑海里的，仅仅是一些零碎的、简短的片段。我已经记不起关于他们的太多内容，我很快就会把他们忘记，他们当然也会忘记我，时间对谁都是公平的。

我并不是没有特别想要去看望的老师，虽然那位老师仅在高二那段时间教过我一个学期，但她是我最敬重的一位老师。

倘若麻木的高中生活里还有什么值得诉说的温情，那便是我也曾得到过别人的认可，尽管很短暂，可她毕竟为我的心里带来了光。这是高中三年里唯一让我想起来暖心的事情。

她曾小心翼翼地保护过我对于写作的那点热情，她一定是在我的习作中洞察到了写作之于我的意义，所以曾给予我积极的鼓励。我至今记得那天晚上，她请我当堂朗读自己的习作，那篇文章的名字叫《焉知花不香，鸟不语》，我已经忘记自己在里面写了什么，但仍记得她当时给了我最高分。后来，我的习作便一直得到她的肯定。在所有人都千篇一律地操练议论文的范式时，只有我一个人还在自由自在地抒写散文，而在此前不久，我的散文样式曾被前任语文老师明令禁止。

我喜欢写散文，是因为我一直相信写作应当有自己的感情和想法。我认为写作是不应当带有功利目的的，我不能够忍受陶渊明、杜甫、苏轼等一个个在历史上熠熠生辉的名字变作谋取高分的工具，这是那时候我对写作的一点微不足道的信念。而我的这点信念曾经得到过她的保护，这让我更加认真地对待自己的写作，仅凭此，她便值得我一生都感念。

她曾建议我把自己的习作保留起来，毕竟这是珍贵的成长记忆。然而那时候的我却固执又自负地相信，这些我曾经能够写出来的东西，今后也一定能够写出来，所以我并未将她的话放在心上。几多年后，很多东西终究是写不出来了。对于那部分遗失的手稿，我感到无比惋惜，也后悔当初没有听从她的建议。

她来教我们的时候还不足三十岁，很温和并且极易相处。我忘记有一次上课因为什么原因一名学生当堂顶撞了她，后来这名学生私下里向她道歉，她也在随后的语文课上面向全体学生分析了自己身上存在的不足，并虚心地请大家多多指正。她的课常常气氛热烈，因为她不那么严厉，所有人便有勇气畅所欲言。那时候大家最盼望的课，第一是语文课，第二是体育课。

说起来我时常遇见她，有时是在超市，有时是在书店，有时是在上学的路上，她推着婴儿车，她的小女儿才不过几个月大，我叫一声“老师好”，她便冲我笑一笑。后来高中毕业，我们在街头偶遇，她问我高考成绩如何，打算报哪的志愿，将来打算做什么。那时候我自己对未来也是一片迷茫，只能回：“成绩还好，可能会被江苏大学录取吧。”

后来进入大学，我发现自己终究对于理工科的学习没有任何兴趣，便决定要转专业了。我把自己的打算告诉她，她知道其实我的理科成绩也不错，便劝我不如把文学当作业余爱好，文理兼修，今后就业选择的范围会更大一点。但是后来我终究还是转专业了，她问我：“今后打算做什么?”我说：“也许会去做学术吧。”她说：“也好，不过这条路很难，你想追求心灵的富足，就要先为之做好心理准备。”

后来，因为生活越来越忙碌，与她的联系越来越少了，不过却时常想起她的一颦一笑，想来今后应该还有偶遇的可能，总之，祝她安好吧。

从未这样靠近你

夕花朝拾

在我们还年幼的时候，我们会用“光阴似箭”“岁月如梭”来形容时光飞逝之快；长大一些后，则会文绉绉地用“天地者，万物之逆旅也；光阴者，百代之过客也”来形容人生旅途的匆匆；再后来，所有人都知道了，飞奔的时光骏马从不逗留等候任何中途停歇的人，无论十里沿途有怎样的繁花开遍，最终给人留下的，都只是过眼的一瞬。

在一个月前，有人对我说：“想想吧，一个月后的现在，我们就坐在考场上了。”那时候我正看着细叶缝隙间洒下的点点白光，我对他说：“那么一个月后的现在，我就会记起一个月之前你曾说过的这句话。”在那阳光的刹那飞逝里，在那静默庄严的考场上，我真的又记起了这个微不足道的细节，然后就笑了。

窗外豁然响起母校的下课铃声，一群欢快的孩子嚷着笑着拥向操场。他们的快乐，单纯得不掺一丝杂质，他们看着脚底下的足球或者手上的花绳，而我站在自家的阳台上看着他们，我知道，在那之中，一定会有一个我，或者说，我也曾经是那其中的一员。

五月底的时候，所有的班级都排队拍毕业照。面对着那个空洞洞的镜头，突然间，好多熟悉的感觉仿佛又回到了我的身上，而这感觉来自六年前，时空的交错和重叠让人一下子觉得恍如隔世。小学毕业照上的自己皱着眉头，高中毕业照上的自己似乎带着微笑。

照完毕业照的那天晚上，大家都埋头给未来的自己写信。我都在里面说了些什么呢？满满的三张纸，好像说了很多，又好像什么都没说，自然也无法料想若干年后的自己还有没有勇气打开它。在信的最后，我这样祝愿未来的自己：天道浩渺，人道苍茫，此行经丘，沟壑亦遍布耳，愿己矢志不渝，一如初年。心里却想着，那么多个独自穿梭在夜晚朔风里的日子，那么多个迎着漫天飞絮的日子，就这样变成上穷碧落下黄泉，两处茫茫皆不见的怅然了。

高考过后，一下子就拥有了大把的时间，我仿佛看到时光之河就那么凌空地漂浮在我的眼前，银白的波纹安静地流淌，再定睛一看，又全是虚空。高考前的几个月，我固执地认为自己患上了时间强迫症，我必须要让自己知道准确的时间，桌上的电子表，平均每五分钟就要扫视一眼，而手机里的闹钟，也被设置成每五分钟响一次。后来，我在一本书上看到，对抗强迫症的最好方法，就是被它暂时统治，然后我就不抵抗地遂了它。我知道，这近乎疯狂的一切都会过去，后来，也确实过去了。现在再来看，所谓的“时间强迫症”，也不过是匆忙流年下对自我意识的束缚罢了。

高考过后最初的兴奋，仅在两天内就开始降温，因而也就有了笔下这篇文章。在整理各种堆在地上的书籍时，对老师、同学的眷恋突然就开始高涨。

在高中时代快要结束的时候，我想我终于学会了微笑，不再每日都板着脸让人觉得我很严肃。只是还不是很喜欢讲话，几个人走在一起时我永远是最沉默的，依旧不能做到自然流畅地自我表达，而我也知道，时光会慢慢教会我这一切。其实有好多个晚自习，我都趴在桌子上，听着周围的声音，吵闹也好，喧嚣也罢，它们都像一圈圈的无线电波，被我的耳蜗所吸纳，然后封存在我的脑海里，成为我缅怀过往的财富。还有我的同桌，不厌其烦地问身后的同学："你见过江河水涌吗?"以及邻座的可爱女生总是回头喊一声"belly cold"，然后后桌男生就踢她的凳子，再然后我同桌总会在这时补上一句"你就是个矬"。这一切都一气呵成地像是在拍一场温馨的电影，而我一直都在抿着嘴笑，心里却想着，这样透明的几乎发亮的日子，以后不会再有了吧，我问向窗外的莺啼鸟转，却只见风过疏廊。

如果过往的一切，都可以像插画一样一帧一帧地播放，那我一定会看到，班主任在给我们讲他小时候怎样痴迷武侠小说和被老师抓住的窘态；语文老师给我们赏析"潭中鱼可百许头，皆若空游无所依"；英语老师模仿她女儿的神态给我们讲话；化学老师走过来对我说"小明，这次化学考得不错"；还有高考前的那节语文课，大家旷了课去看考场，班主任在走廊上给我们训话，然后我就看到永远都虎着脸的语文老师，还有永远都暖暖地笑着的生物老师。在那一瞬间，我突然觉得，在他们的眼中，我们不过是一群永远只知道犯错误的孩子。

所有的人都知道总会有分别的那一天，只是一切都来得太寻常，让人觉得神伤。同学们收拾书包行李，道一声再见，从此就走向了不一样的方向，稀疏平常得让人觉得不过是放了个长一点的假期。而我也知道，在路途的拐角处，所有的人都会凝望过往，然后抹一把眼泪坚强地继续前行。最后的那个下午，我推着车子走过教学楼，车辙永远印在了那天满地夕阳的余晖里，最后一次回望自己待过的教室，一切都还是以前的模样。学校的门口，满地都是小广告，而高二的学生也开始返校了。我跨上车子，“厚天地之大美，达万物之至理”几个大字最终也渐渐消失在我的视线里，就这样，转身就对一个地方、一个时代说了永远的再见。

而我闭上眼，似乎还能看到，空荡荡的教室里只有我一个人，中午燥热的风吹拂着心上的白色窗帷，我对着一摞摞像是堡垒一样的教辅书兀自出神，而天光和云影，恰好织就了我背后的盛世繁花。

那花，那雨，那年少

高三结束之后的假期无比漫长，大学的开学时间更晚一些，直到我家附近的小学开学三天了，我仍旧窝在家里，并且常常随着学校晨读铃的第一声睁开双眼。

每天起床、洗漱、吃早饭，然后打开电脑，过着跟小学生一样规律的生活。不多时，学校的广播站传出稚嫩的女声“敬爱的老师，亲爱的同学们，小灵通广播站又与大家见面了，今天为您带来的内容是……”我突然想起那时候自己也在广播站当过播音员，每天早晨与中午早一点到播音室，把准备要朗读的稿子再看几眼。也有其他的同学跟我一起做广播。那时候我常常负责朗读英语儿歌，或者临到结束的时候讲几个小笑话之类的。

我突然想按照那些小学生的时间表来安排自己的作息：他们上课铃响了，我也端坐在书桌前；他们下课了，我就站在阳台上看他们在操场上打闹，甚至能够听见他们的欢声笑语。不久传来眼保健操的音乐，随后又传来广播体操的音乐，令我好奇的是，这么多年过去了，无论是眼保健操，还是广播体操，做的都还是当年那一套。

每当广播站传出一个浑厚的嗓音“稍息，立正，站队”时，便放学了，那浑厚的嗓音这些年也一直没换，还是体育老师的声音，那个最帅也最凶的体育老师，他曾给我们上过两年的体育课。兴奋的孩子们从自己的教室里鱼贯而出，校园里再一次热闹起来，接着音乐《童年》响起。一个上午就这样过去。我呼出一口气，合上电脑，突然觉得这样的自己有些好笑。

这样的作息我只坚持了两天，无论我怎样假装，归根到底我再也无法回到那样的生活，并且只能是深深地陷入伤感。我问外婆："天天听学校铃声，不觉得厌烦吗？"外婆说："早就习惯了。"

有人曾对我说："你今后适合做一名老师。"我问："为啥？"那人回说："凭感觉。"我说："哈，那我可以试试。"于是暑假期间我开始带着几个小学生补习数学和英语，这是我第一次趁着假期做兼职，也是我第一次以这样一种身份站在讲台上。那些孩子一张张稚嫩的面孔，让我无论如何也不能忘记。如果今后的人生，我真的走上教书的道路，那么一切都可以追溯到这里。

"李老师"这个称谓让我一下子变得稳重起来，而我自己，不过还是个刚刚步入成年的大孩子，也急切地需要别人的指导。我用满腔的热情来面对他们，我想把自己知道的一切都告诉他们，希望他们能够向着正确的方向成长，我苦口婆心，甚至喋喋不休地劝着一个个调皮捣蛋、喜欢恶作剧的学生上课一定要认真听讲、作业一定要按时上交，但是他们仍旧在我转身时冲着我做鬼脸、递纸条。我有太多的事情需要担心：担心他们趁我不注意又爬上屋顶，担心他们下课打闹会伤到自己，甚至担心他们偷偷地跑回家。终于，我失去耐心，强压着怒火对他们一通说教，我希望有哪个学生可以理解我，可是最淘气的那个孩子趴在桌子上哭了，我也难过极了。我想我不是一个合格的老师，甚至变成了自己最不喜欢的那种老师的模样。

我茫然无措地站在讲台上，心里想着真的是我错了吗。是我太想让他们变成我希望的乖巧的样子吗？是我把自己的意识强加给他们了吗？是我太着急了吗？我陷入深深的自责。我想起那些曾经教过我的老师，想起他们冲着自己的学生恨铁不成钢的发火，我突然就理解了他们。

在短短的不到两个月的时间里，大部分时光我们还是能够一起开心地度过，因为在相互的磨合中，我也在不断地学习、不断地成长和改变。我们都在不断地寻找，他们在我身上寻找大人的荣光，而我在他们身上寻找年少时候的纯真和美好。我看着那些单纯得几乎发出亮光的脸庞，心里在想，这些孩子的未来会是怎样呢？我的未来会是怎样呢？他们眼中的我又会是怎样呢？

其实他们的很多问题我都回答不了。比如我才上二年级的年幼的侄子问我为什么动画片里的光头强那么喜欢钱，我说有钱可以买很多东西，他想了一会儿说不对，光头强是为了回家过年。我蓦地一惊，意识到他说的才是最好的答案。这一瞬间我想起了我们年少时都曾读过无数遍的那个“冰化了后是春天”的故事。

我想教会他们更多书本之外的知识，我想把自己那一点点对于真善美的感知和微不足道的生活经验传授给满脸稚气的孩子，就像许多年以前我的老师们教育我那样。“在人生的海洋中，我们要做清醒的舵手，不因赞扬或批评而远离人生的航道。”六年级时语文老师站在讲台上讲的这句话，多年以后我依旧清晰地记住了，如今也一字一句地讲给他们，希望他们能在刚刚起航的人生旅途中去慢慢地感知。年幼的心脏在鼓动着年轻的血液，这是最好的他们，也是最好的我们。

孩子们用很多个课间和泥巴、做陷阱、挖运河，我静静地坐在一旁看着他们。“老师，你来和我们一起玩呀。”我看着悠悠白云，不无伤感地说：“你们玩儿吧。”他们明明就是那个孩提时代的我呀。授课快要结束的时候，我站在院子里为他们录像，他们在我的手机前摆出各种鬼脸，一切像是突然安静下来，角落里那只小花狗也静静地歪着脑袋看我，我蓦地就觉得，一切的一切，都是因为太年轻啊。我从来不奢望自己能为他们的人生带来怎样的影响，归根结底，我与他们都只是这场漫长而又短暂的旅途里彼此的过客，因为偶遇互相打个照面，看清彼此的脸庞后又转身消失在人山人海。这一切的意义，都是为了让彼此更加成熟和坦然，仅此而已，这也已经足够了。

有一个课间，母亲给我打来电话，说录取通知书到了，声音里是难以掩饰的喜悦。我故作平静地说：“嗯，我知道了。”那一刻，一颗悬着的心才终于落了地，我觉得踏实极了。坐在我旁边的一个小男孩问我：“老师，是不是你的大学录取通知书到了？”我摸着他圆圆的小脑袋说：“是啊。”然后开玩笑地对他说：“老师的苦日子已经到头了，你们的苦日子还没有开始呢。”他的眼神里便充满了对未来的幻想。我突然觉得这一幕竟有些眼熟，多年前我也在上小学，隔壁家的一个姐姐收到了大学录取通知书，而我刚好在她家里玩儿，亲眼见证了她那一刻难以言表的喜悦，我不由自主地对她心生羡慕，并在心里想着，什么时候我也能收到自己的大学录取通知书？而今时光交叠在一起，一下让我觉得恍若隔世。

兼职生涯很快就过去，我想我的学生们也很快就会忘记我。但是在新学期正式上课时，也许他们会偶尔想起，这道题暑假时那个年轻的老师是这样讲的；会想起那个老师曾要求他们把英语书的单词表背过，并且每天都要默写；想起那个老师对他们说一定要珍惜小学时光，因为这里才是真正的天堂；想起那个老师说要学会慢慢克制自己的情绪，三思而后行才会少犯错误；想起那个老师说无论什么时候，人最重要的都是先认识自己。而很久以前，我的老师也是这样告诉我的。

我一厢情愿地幻想着一切，扪心自问，我还是希望他们能够记住我，哪怕仅仅是一个模糊的印象也好。

此外，我的大学生活很快就要开始，那张录取通知书被我拿在手里翻来覆去地看过好多遍，薄薄的一张纸在我心里有着沉甸甸的重量，这是我登上通往未来的火车的一张车票。录取通知书上写着“食品与生物工程学院，食品质量与安全专业1402班”，在一个陌生的地方，在一个陌生的班级，我将会遇到怎样的人，开启怎样的生活呢？我收拾好自己的行囊，对即将到来的一切怀着隐隐的期待。

这是我第一次出远门，那片江南的山水佳地，已经在远远地向我挥手，我将毫不迟疑地走向人生的下一个阶段。除了要告别过去的中学生涯，还要告别的，是眼前这座自己生活了十八年的城市。

突然觉得我还没有看够故乡的风景，闻够故乡的气息，还没来得及好好感受故乡一年四季的变化，还没来得及对家乡的一条条溪流、一片片田野亲口说出再见。

真要离开的时候，我与它千丝万缕的联系都变作了隐隐的不舍，这片蓝天日光下的土地，这片生我育我的土地，在我离开后是否会有稍微地不同呢？我知道，总有一天我还会回到这里，只是那时，故乡会以什么样的眼光来打量前往异地求学多年的游子呢？

第三辑

念乡偶书

我和父亲坐在图书馆后的荷花塘畔，藻华覆盖的塘面，没有一丝波澜，我们也一直静默无言。袅袅的荷花上缓缓地落了一只蜻蜓，塘畔的水面突然跳出了一只小鱼，荷叶下一只小水鸭突然露出了圆圆的脑袋。

我提前两天来到大学，父亲与我一起，在这样一个微风拂面的夏末，我将迎来的，是自己的大学生活。下午五点半回家的火车票，父亲早已买好，在那过往的风里，也早已布满了离别的味道。

我把父亲送到车站，他耐心地教我识别车站牌，他放心不下。而我一直都很清楚，在他的眼中我永远是个孩子，无论年少轻狂的心多么渴望能与他平起平坐，这点都是无可争辩的事实。而我却耐心地看着父亲那张年过半百的脸——父亲真的老了，鬓白的华发也是无法回避的事实。

我突然想起一件往事，那时候我在上高中。下晚自习以后我一个人骑着自行车回家，一道做不出来的数学题使得我神情恍惚，我慢慢地骑着自行车想事情。就在我开始横穿马路时，一道强光由远及近打到我的脸上，我的意识一片空白，直到听见一声刺耳的刹车声后，我才回过神来。我举起手遮挡住刺眼的强光,一辆灰色面包车停在我的面前,那时我与它只相距一个拳头的距离。马路对侧的行人惊恐地张着嘴巴,一个老太太大声说着:“这孩子不要命啦!”我失魂落魄地推着自行车往家走,心脏在经历了短暂的停滞后开始狂跳不止,我才开始意识到刚才到底发生了什么。

回到家中,父亲见我脸色苍白,关切地问我怎么了,我便把放学路上发生的一幕告诉他,他惊呼道:“没事就好,没事就好。”后来母亲曾告诉我,那段时间父亲的右眼皮一直在跳,而在我遭遇了那天的事情以后,父亲才终于恢复了正常。

从那以后我就想,父子或者亲人之间的牵绊,除了血浓于水的亲情,还有其他一些东西,它超越了时间和地域,那是亲人之间最深情的牵绊,那是最难以解释,但却又是最自然不过的东西。

燥热的风推动着天上一大块一大块的白云,倘若光阴能够静止,我愿时光永远停留在父亲将我安置好之后踏上回程火车的那一刻。呛鼻的尾尘扑面而来,我默立不动,父亲站在车厢的最后头,一遍遍地向我招手。墨蓝的玻璃像是隔开了两个世界,我分明看到父亲的嘴在一张一合地说着什么,可是传到耳边的,却只有风穿密林的哗哗声。看着渐行渐远的车辆,我蓦地就觉得一阵难过,我转过身去,一边轻轻擦拭着湿润的眼角,一边默默地前行。这一幅曾在我的梦境里反复出现的画面,而今就这样真实地出现在我的眼前,我知道,往后的路,需要我一个人走了。

我又记起临行的那天早上,外婆、母亲、舅妈为我送行,他们目送着我坐的火车渐渐驶向远方,我也目送着他们离我的世界越来越远。看着窗外转瞬即逝的风景,无法言喻的悲怆涌上心头，我本应该说些什么，然而却只剩下了哽咽。时至今日，远方的亲人，在苒苒流年下是否还好，就像我离开时那样呢？

有一天，我突然意识到，在不断受伤和自我疗伤的日子里，我走过的每一步都越来越坚定，我的内心也越来越踏实，我很少再有患得患失的感觉。旧日的情绪偶尔还是会来打扰我，但我再也不会沉湎其中，它们也再不会深刻地影响我。我相信有的东西一直在变，有的东西一直不变。父亲乘车离开的那个下午，我想起了很多。一直以来我所有的喜怒哀乐都深埋心底从来不与父母诉说，总想回避他们，总想独自忍受，这样的我比冲着他们大吼大叫地发泄情绪更让他们担心和难过。

而紧随其后的大学生活的一切都让我感到新奇，我开始很少想起他们，只是在一个个夜深人静的时候，偶尔想起他们的叮咛嘱托，随后想家的念头就渐渐消失了。而父母却时常在梦中梦见我的归来，他们时常在电话中说与我，这曾让我感到无比惭愧。一切不过才刚刚开始，我知道，一段对我而言说长不长说短不短的别离，已经为之后更久远的别离埋下了伏笔。

好多个夜晚，我站在学校图书馆的大门前，看着眼前的万千灯火，将它们拍成照片，寄送给千山万水外的故土，那里也有流光溢彩的夜晚，也有昼夜不息的璀璨霓虹。夜晚的凉风吹拂着脸颊，感受到万千骚人曾经反复吟咏的东西，我猛地就想到，从此，故乡于我仅剩冬夏，再无春秋了。

我用很长的时间去怀念故土的点点滴滴：九龙湾畔是否还有晨练的老人？白沙河边是否还有戏耍沙土的孩子？夜晚的文化广场是否依旧人声鼎沸？还有我种了好久的含羞草是否开了花？书架上又落满了灰尘吧？我用了好久的那盏台灯已经坏了吧？一切的一切，都随着北十的朔风，播撒到我所思念的故土了吧！

不管怎样，大学生活已经开始。人们常常是一边走一边跟同行的人说再见。相比起我们正在遇见的人，往往是那些已经远离的人塑造了我们的现在。我从来就不是一个恋家的人，我要趁年轻出去走走，等我累了，跟时光服软的时候，我就回来。我知道，家与故乡的大门会永远向我敞开。

你曾这样成长

我总是下意识地将大学生活与高中生活做对比，我很清楚，这将是一段对我而言无比重要的时光，并且也是人生中唯一还可能自由地、无拘无束地做自己想做的事情的时光，虽然它不会是最快乐的时光。然而大学生活毕竟不像中学时代那样让人失望，不会有人关注你的过去，这让我感到无比的轻松。大学毕业离我还有四年的距离，我暂时还不需要担心太多的东西，对于眼下的安逸，我希望能够用自己喜欢的东西去尽量充实它。读书、听音乐、打乒乓球，在长久的孤独的岁月里一个人养成的爱好，变成了我充实自己空闲的大学生活的方式。

与此同时，我开始慢慢学会如何自处。我依旧不太合群，依旧要努力学习如何自我表达，但是并不妨碍我融入新的班集体——原来我也是可以被接纳的，毕竟在刚刚过去的那么久的沉默的中学时代里，孤独是我的老朋友，我从未获得过支持与认可。

我想起那次班级推优活动。

那时候班级无记名投票推选两个人，我从来没有想过自己竟然能够获得绝大多数的票，成为两人中的一个。我并不如何突出，甚至不担任班干部。我吃惊地问同桌怎么会有这么多人选我，同桌没有回答我，只是哈哈大笑着说："不选你选谁啊！"

这曾给我极大的鼓励，让我第一次感受到，总有一种适合我的生活方式让我更好地同这个世界相处，我不再以一种尖锐的眼光来看待这个世界，也不再总是用要求的眼光来审视他人。那天晚上我写下这样一段话：知道自己一路走来从未孤身一人，还有什么比这更给人感动，谢谢大家的支持，谢谢质安 1402。

"质安 1402"就是我那时候所在的班级。我的同班同学，甚至仅仅是同学院的朋友留言对我说："我们一直都支持你，你要加油啊。"我对我的班集体充满感激，但是却在内心深处深深地觉得，自己受之有愧。

也许那次活动对别人来讲仅仅是在刚开始的大学生活中的一个小插曲，可是后来我意识到，那次选举对于我的大学生活实在有着莫大的意义，它让我慢慢找回自己丢失已久的自信，它让我觉得周围的一切都很美好，而这对我来说很重要。

大一时候的每个晚自习，各个班级都会组织五分钟的个人演讲，演讲精彩的同学可以请求大家满足自己的一个愿望。那时我的第一次演讲是为大家朗读了一篇我很喜欢的文章，最终幸运地被大家推选，我的愿望是——希望所有人都能送我一张明信片。

那实在是我提出的最有意义的一个愿望，很大一部分原因在于今天我已经离开了那个让我眷恋的、相处仅仅一年的班级。大家的每一张明信片，都被我好好地收藏起来，这是我的财富，是我要珍藏一辈子的东西。当然，除了它的纪念意义，还有我自己的一点私心，我想知道在大家的眼中，我到底是一个什么样的存在，我需要给自己进行定位，以便能够更好地与大家相处。

我记得当时站在讲台上说出自己愿望的时候，年轻的辅导员就站在班级门口，她开玩笑地对班里的女生说："还没有谈恋爱的女生现在可要抓紧机会啊"，然后对着我嘿嘿一笑。那时候班里的女生几乎比男生多了一倍。

班级里有一个个子小小的女生，跟我曾经喜欢过的女孩模样很像，当然我不会告诉她这些，只是在一个晚上随意地告诉她，她长得跟我曾经的一个同学很像。她问我有没有照片，她要比对一下。我说我们只是普通同学关系，话都没怎么说过，怎么可能存照片呢。后来，有意思的是，她在送我的明信片上，也觉得我跟她曾经的一个朋友很像，但她的朋友是个女生。

在收到的明信片里，我逐渐看清了自己的模样，温和并且努力，这是大家对我最多的评价，我感激他们为我写下的真诚话语，也祝愿自己能够在成长的道路上一直保持下去。我常常想，我们每个人到底应该凭借什么来让自己坚强地面对生活？后来，我知道，对我来说答案是大家关注的目光，我想再没有什么能够比这更让人感到温暖，这是我活下去的力量的源泉，更让我逐渐意识到，那个中学时代无比压抑、内心充满矛盾和彷徨的我终将远去，在一次次的伤痛和蜕变中我终于学会了该怎样更好地生活。

刚进大学的时候我对一切都感到好奇。广阔的校园、优美的风景，还有高耸的教学楼，这一切都符合我对大学的幻想。尽管这所学校没有坐落在我最喜欢的城市，让人有些遗憾，然而毕竟坐高铁只需要二十分钟就能到达，所以也没有什么好抱怨的。我一口气参加了好几个学生部门，基本上所有的周末都用来参加和组织各种各样的活动，我认识了很多的人，我似乎变得活泼了一点。在没有来大学之前，我以为自己还会像以前一样永远沉默而自卑地走下去。

大一上学期快要结束的时候，有一天，班长阿芝问我：“小明，这学期结束后我们几个班委商量着想重新进行一次班干部选举，我想举荐你来做班长，可以吗？”我吃了一惊，说：“你别举荐我啊，我是不会竞选的。”她问：“为啥？”我说：“我不喜欢竞争，而且我也压根不合适。”这是我最真实的想法，我越来越了解自己，知道有些工作自己根本无法胜任，我擅长独处而不擅长合作。此外，我还有自私的一面，我不习惯自己被各种各样的事情打扰，我想把更多的时间留给自己。当然这些更深的原因我没有对她说。

阿芝是个可爱又热情的女孩子，总是一次又一次充满干劲地组织活动，没有人比她更适合担任班长，我一直都是这样认为的。假期的时候她把自己家乡的特产粽子寄给我，那种粽子我在《舌尖上的中国》看到过，味道很棒。后来，我也把自己家乡的特产——风筝寄给她。

我忽然记起初二时一次无比寻常的午休，我躺在床上翻来覆去地睡不着。那时候我还没有养成午睡的习惯。我刚刚来到这所学校，并且第一次开始住宿生活，我对身边的一切都不满意，然后我开始回想自己的过去，按照长大的年岁一遍一遍地回想过去发生的所有事情，还有那些出现在我生命中又倏忽而逝的一个个人。很多个无聊又不允许看书的中午，我就这样闭上眼睛回想，庆幸那段难挨的岁月已经过去。可是我更加庆幸自己从那样一段时光中走出来，虽然又经历了不少曲折，但是始终没有走上自我又自负的道路。我见过一些这样的人，并且总是有意识地与他们保持距离，我能够理解他们，因为我也体验过孤独和被排斥的滋味，可是我最终没有成为他们，这让我觉得自己比他们幸运得多。

我记得我曾经所在的学生部门的一个部长说一见到我就觉得我很温和，很亲切。我好奇地问："为啥？"他说："就是感觉啊，你给人的感觉很好，很真诚。"后来我自己也成为学生部门的部长，我带过的一个比我小一届的干事对我说："我见过那么多的学长学姐，可是只有你是我最喜欢的。"他说的这句话让我很感动，我们每个人的一辈子，不就是凭借着这些微弱的感动才能够活下去的吗？

我在想，也许是因为我自始至终就有一点怯弱，我从来不会情绪化地伤害别人。仔细想想，从小到大，我从来没有对外界发泄过自己的脾气。当我难过时，我画一个圈把自己围起来，然后藏到谁也看不到的地方去；当我喜悦时，我不会上蹿下跳地对每个人宣布我有多么开心，而常常是将事情埋在心底。所以我的父母常常说我心事重重，永远看不到我开心的样子。

在一次大学生心理健康课上，心理老师出了一套测试题目。在我做完以后，心理老师走到我身边，开始慢慢分析我的性格，我半信半疑地听她讲述，最后她对我说："你要注意了，你的天性没有得到很好地释放，你总是很拘束，可能真实的你跟别人看到的你并不一样……"听她讲到这里的时候，我的内心几乎是轰地一下，她说得很对，我很能够拘束自己，从小就这样，没有人来教我，我也不知道自己为什么就获得了这样的启发。

我的父亲曾经给辅导员打电话，说我的性格比较内向，希望辅导员能够多关照我一下。当然这些都是辅导员后来告诉我的，她同时也笑着对我说："看来连你的家人都未必真正了解你啊，虽然你话不多，不过有时候还是蛮积极的，跟大家相处也不错，从各方面来看，你都不是那种需要让人关心的人啊。"那时候，我觉得父亲的做法真是让人好气又好笑。后来，我終于慢慢理解了他们，自己确实让父母担心了。他们常常担心我无法适应全新的环境，而我又常常把一切憋在心里。我一直都是一个不擅长表达的人，在父母面前更是如此，这样的我让他们担心了很久。

直到后来放假回家，我把所有同学写给我的明信片也一并带回家中。那时候我正坐在书桌前码字，父亲犹豫地站在我的房间门口，小心翼翼地问我能不能看一下同学们写给我的明信片。我知道，他想通过这种方式来认识自己的孩子，就像我也是通过这种方式来认识别人眼中的自己。他知道有些东西我是不会说的，所以他要通过别人的眼睛来知道自己的孩子在一个新的环境中生活得怎样。我想他看完以后应该会松一口气。看着父亲眯着眼睛仔细地翻看一张张明信片，我在心里想：您看，您的孩子其实并不像您担心的那样啊。

青石二三步

四月快要结束的时候，所有忙碌的事情终于开始慢慢平息下来。步入五月的江南，似乎已经看不见春风暖软，在镇江这座小城的风里，我突然就嗅到了夏天的味道。

吹过来的东南风里带着槐花的香气，举目四望却未见槐树，这槐花香气，是从家乡吹来的吗？我听见风打梢头，乱叶哗哗作响，是家乡的槐花在这时节提早盛开了吗——我知道，从此我将踏上明晃晃的大地，开始漫长的寻找。

倘若再次回到故土，我是否会像刘亮程回到他二十年前离开的那片黄沙梁一样，错愕得无以复加呢？十年前，面对着自己的村落，看着所有的砖瓦房都被推倒，看着高楼拔地而起，年幼的我在日记里写下自己激动的心情。那时的我绝不会想到，十年后的我会写下：我看到在一场隆重盛大的、浴火重生的洗礼中，在一场声势浩大的、烟熏火燎的煎熬中，展现在我的面前的，已不再是我的故土，我已不再熟悉它的一砖一瓦、一草一木。

那个埋藏着童年记忆的小小村落，我所矗立生根的小小村落，早在十年前，就不在了。

面对着一张白纸，我准备好铅笔、直尺、橡皮，我要在纸上细细描摹，复原我那小小村落的原貌。我总是固执地认为，我从未忘记它的每一条大街小巷，然而我错了。真要下笔的时候，我才发现记忆的散沙再不能重新收拢回手中，只能搁笔作罢。忽然悲凉地觉得，好像自己的记忆力，已经没有以前那么好了，许多记忆无可避免地从我身上开始慢慢流失了。

有一天，我走在路上，再次嗅到槐花的香气。我猛地一抬头，看见串串白色花瓣就那么安然地躺在风里——那么久的寻找，只是在一个不经意的抬头间发现了。对于所有人，对于所有那么久的找寻，是否真的只是欠一个不经意的抬头呢？

要去苏州了。我坐在火车上，感觉自己像是要奔赴一场隆重的典礼，就像远游的人要归家，而我，要回归的，是前世的故土。车窗外的光景飞速地后退，我闭上眼睛都能看到，那是一幅渡船橹轻摇、深潭水微漾的山水画。

一场骤雨把我困在了苏州园林里。我坐在石条凳上，凝视着层层叠叠的青砖黛瓦，看着雨水经年浸泡的白色墙帏上起了黑渍，屋檐飞宇上流下细雨如注，心里在想，是否千年前，我同样对着这浸润在细雨中的重重殿堂、楼阁浩宇兀自出神呢？不起眼的角落里，放置着一块青石，上面布满了深青色的苔藓，那是否是千年前的某个人不经意地放置在那里，让它一不小心就见证了那么多的苒苒流年，流传到今天呢？

我站在七里山塘的一座石桥上，脚底的青石板，早在时光的侵蚀和行人脚板的擦磨下变得日益光滑。我扶着石栏，向远处极力眺望，面对着万千丝缕杨柳垂岸，面对着水村山郭酒旗，感受到了那场从千年前吹来的一阵微风，飘来的一声声叫卖——我不断地对自己说，我终于来到了这里，终于兑现了几年前的一个诺言。流水两岸的屋舍，不知是否还有人居住，陈旧的白色墙壁上有一个小小的木质窗口，却一眼深深，不能见底。我不知道人们曾在这里怎样过活，但却知道依水而居的人们，一定有一种温润的情愫。然而，我看到了一个驾着小船缓缓行驶在碧波上、戴着斗笠的摆渡人，却没看到缓缓走过青石板、撑着油纸伞的姑娘。

我与同伴迎着细雨走在苏州的大街小巷里，时常遇到迎面走来的提着菜篓的人们。他们是生活在这里的居民，但恐怕他们不一定能深刻地感受到，自己是生活在一方钟灵毓秀的土地上，并感谢自己生活在这方土地上。

我路过了几座江南古镇，在不同的地方，却看到了同一个老大爷站在自己家的门口，木然地望着眼前行人如织，看到同一个老大妈掀开自家店面的门帘又重新走进去，还有同一个骑在自己父亲项上欢呼的小男孩和同一只无聊得趴在地上打盹的小黄狗，还有那些永远肃穆站立的古建筑，每当夜晚降临，千家万户酣然入睡，它们开始絮絮低语，谈论着千百年前那一场场落寞的繁华。

重回镇江，坐在火车上看了一路的雨落，心里也觉得空落起来，转眼间我已在苏州数百里之外。我永远只是个过客。

那些看不够的落雨，最终打湿了谁的过往，我并不知道。但我看到空气里潮湿的风年复一年地吹刮、大地上的生灵日复一日地抽出新芽，也看到年轻的心不可避免地长大、垂老的生命日复一日地生出华发。我想永远留住一些地方，可是在与日争辉的对抗里，我们谁也无法成为最后的赢家。

他年不落雪

一只瓢虫从窗外飞来落在我的胳膊上。我静止不动，连喘息也轻了一些，看着它爬过我的手腕，越过我手中的笔，最后驻足在我的指尖。我向它轻吹一口气，它被掀翻在桌上好半天不能起身。我走在路上，看到操场外围的网栏上落了一只翠鸟，它正歪着头打量来来往往的行人，我慢慢地向它走近，它忽地展翅飞上树梢。这一切似乎都与我无关，可也许若干年以后，我会记起：曾有一个午后，我耽误了一只原本要去参加一场隆重典礼的瓢虫；曾有一个清晨，我惊扰了一只在陌上安静着落的翠鸟。它们变成一帧一帧的图画，有风吹过时立即鲜活起来。在我的记忆里，瓢虫还是那一只，翠鸟也从未改变，这些微小的存在，它们是否真的与我无关？

四月份的时候，饶雪漫来镇江办一场讲座，她说自己在镇江生活过二十年。在此之前，我并不知道自己身处的这座小镇，原来有她二十年的记忆，而她的模样，她的声音，都与我想象中的很不一样。整个大礼堂里坐满了人，大家安静地听她讲“甜言蜜语要说给左耳”。我静静地看着舞台上略显昏暗的灯光，以及两侧的大红幕布，蓦地想起，十二三岁的我曾把那本《按时长大》翻来覆去地看过。后来，离开那段青涩的时光，我把它放在书架上，好久再没去碰它。现在它大概已经落满尘土。那时候我并不知道，多少年后我会在这里遇见它的作者。

现场观众提问的环节让气氛达到了高潮，台下的观众向她抛出了各种各样的问题，而她只是在巧妙地跟大家兜着圈子。看着这一场喧嚣而华丽的闹剧，我愈加怀念起自己那段沉默而单薄的青春岁月。其实那时候我很想问，她到底是以一种怎样的心态，去反复地描摹、刻画永不衰老的十七岁。

十七岁的我一个人骑着单车，岁月的疾风从我耳边呼啸而过，有时迎着蓝天朝阳，街道两旁传来声声叫卖；有时迎着满地落雪，雪地茫茫只有我一个人的车辙印；还有那么多个夜晚，我推着车子，行走在无边的雨幕里，脸被打湿，眼镜片上的水珠聚股流下，我看到远处的霓虹被抹开一圈光晕，很多东西都开始变得模模糊糊。

可是我不能摘下眼镜，因为我会更加看不清楚这个世界，我想那时我的身影看起来一定很倔强。踽踽独行的人都爱倔强。

迎面而来的风，是燥热的也好，是凛冽的也好，它们都一丝不落地全部吹刮在我的身上，并吹透我的全身。就这样，我平静地走过了自己的十七岁，它那么透明，透明得快要遁形在我的生活里，消失在我的记忆里。让我只是偶尔听到街头的音像店里在放“十七岁的单车和我，圆舞周期很莫扎特”时才想起，自己也曾走过十七岁。然而它就像是从湖底缓缓升起的一个小小水泡，到达水面后又迅速破裂开来，只是激起一圈圈的涟漪后又迅速归于平静，就像什么也没有发生过。后来，我又平静地走过了十八岁，十九岁，还将走过二十岁，并一直平静地走下去。很多年后，我是否会记起这段生活，我也不得而知，毕竟这段匆匆年华较之于漫长的人生，就像渺渺一粟较之于茫茫的沧海。

在讲座快要结束的时候开始了签售。我捧着一本《左耳》，几乎站在队伍的最后，等着上前索要签名。我走上舞台的时候，一切都已经快要结束，整个舞台显示出一派苍凉的落寞，后台的记者也摩拳擦掌准备采访了。而女作家只是在机械地甩动着手腕，在一本本书的扉页上写下她的名字。她当然不会抬起头来看任何一个走过她身旁的人，就像我们行走在人群中，也不会去有意打量身旁走过的路人甲乙丙丁一样。

从大礼堂走回宿舍的路上，我觉得一阵伤感，突然发觉好像我一直都在不断离开，离开一个人，离开一个地方，离开一段过往，离开我身后的时光，最后离开自己的生活。而那本《左耳》，我把它放在书架上，再没有去翻动，我已不打算去读它。我的青春，包括对一个人的眷恋和遗忘，都平静得像是一汪波澜不惊的湖水，而我知道这与书中所描绘的，一定相去甚远。

我只是想上台去看一下饶雪漫本人，我是这样告诉自己的。

我一直都在奔跑，踩着满地交织的光影，跑到两旁风景如画都迅速离我远去，跑到身后的旧时光被我迅速地甩开，跑到新的生活以不可预知的速度向我迅速赶来，而我抬头看到的，却还是那抹蓝天，还是那片白云，似乎即便是在相同的地方遇到不同的人，一切也没有什么不一样。

夜晚的操场上有许多人在像我一样地奔跑，黑暗中谁也看不清谁，各自只是按照既定的跑道，迈着自己的步伐。可是我看到一个女生，一边奔跑一边抹着眼泪，从我身边经过时带着浓重的啜泣声；也看到一个男生，一边奔跑一边发出低低的怒吼，带着凌厉的风声；更多的是看到男生女生并肩排开，他们一边奔跑一边说笑，留下一路的欢声笑语。他们都在经历着怎样的故事，又有着怎样的过往，我永远不得而知。我也时常听到学校的广播电台放一段情感类节目，看见站在操场中央随着音乐翩翩起舞的少数民族的人们——能歌善舞的民族一定是浪漫的民族，我一直这么觉得，并深深地羡慕他们。

我一边写一边回忆，一路倒退着重新走回去。看到那么多平凡的瞬间都在闪着亮光，我小心翼翼地把这些微弱的光芒收拢起来，汇聚成更大的光亮，并用它们照亮我今后的生活。那些沉寂在岁月中的星星点点，会不断地提醒我，在那样一段时光里，我曾那样地活过。

写下这么多杂思，我想很大一部分原因，是很快又要高考了，说起来似乎也有些好笑。毕竟高考已经与我没有太大的关系，我已经离开了那样一段埋头奋笔疾书解题的时光，而我们所有经历过的人也都觉得，那已经是很遥远的事情了。为了重新想起那一千多个日日夜夜，我用两天的时间读完郭敬明的《爱与痛的边缘》，好多东西终于又开始慢慢明晰。我记得自己在那段沉默而压抑的岁月里，曾经阅读了郭敬明和韩寒的大量小说、散文，我只是想知道，身处同样的境遇，离我更近的他们是以怎样的姿态面对，又是怎样思考的。直到自己也走过那段时光，再回头看，发现一切似乎也不过如此。

还记得高考的那天，一切都同往常一样，父母为我做完饭，然后各自上班。我安静地坐在考场上计算着时间，心情异常的平静。然后就这样，我背着书包在家与学校两点一线的穿梭中考完了一场又一场。直到最后考完英语，我走出考场，平静地接受着一切都已经结束了这样一个现实。回到家中，我慢慢整理自己的课本教辅，把它们整整齐齐地放在我的书桌下，忽然有点想念那时那么彷徨的自己。我又记起数学老师的椭圆画得非常标准，而我对着开口向下略显慵散的二次函数图像兀自出神，想着上一堂课，英语老师让翻译的一个句子——“明年的这个时候你们都已身在大学。”我还记得自己曾把讲义上谁说过的一段话贴在自己课桌的右下角，“人生再没有哪段时光能够像高中三年那样，坚决、努力、近乎与世隔绝……我感谢父母、感谢老师、感谢同学，但我最终感谢的，是我自己……”很长的一段话，我现在已经记不起具体是怎样说的了。

在高考完等待结果的那段时间里，没有彻夜不眠的狂欢。我依旧读书、写字、上网、听音乐，偶尔与朋友出去打球，甚至少了一些必要的紧张和忐忑。最后成绩公布时，也只是觉得稍微不尽如人意，但似乎也算是不悲不喜，父母与我一样都很平静，一切都像我们预料中的那样。

一切都像是恰到好处。不管怎样，我希望自己能够永远平静地走完自己的生活。仓皇流年下，无论是我，还是家人、朋友，我愿我们都能够静守岁月，一世安好。

最后，真诚地祝愿即将走向考场的朋友，愿他们能够取得佳绩，愿他们所有的努力都值得。

年少不知忆

我看见山脉变成平原，水田变成耕地，车窗外的景象瞬息万变，高速列车载着我一路向北，这是一个人的归途。

四个半小时的车程，从阴云沉沉驶向晴空万里，从夕阳西下驶向夜色弥漫，这趟列车奔波在光和影的交织里，像是从未停息过。我看见过连绵起伏的远山含黛里升起了薄雾，密布的彤云积压在峰顶；看到过江南千亩水田里碧波荡漾，辛勤劳作的农民像一尾尾游鱼；还有那三三两两青砖黛瓦堆砌而成的房屋，它们依旧是老式的样子，像是多少年未曾改变过。列车一路飞驰，跨过了长江，跨过了秦淮河，往昔岁月里，两岸曾是桨声灯影和渔火粲然，如今两岸船坞鳞次栉比，铁皮船只缓缓行驶在水面上，水波在船头开合，在船尾聚拢，有人站在船艄眺望，远方像是有隐隐的汽笛声，仿佛天地间一声怅然的叹息。

夜色弥漫，车窗外的景色渐渐看不真切，只剩下远处一些零零星星的灯火。我转过身，打算趴在桌上小睡一会儿，腕上手表秒针转动发出的微弱的金属摩擦音，此刻突然清晰起来。就这样，我听到了寸缕光阴的流逝；还有心脏跳动的节奏，与秒针转动的声响丝毫不差地吻合在一起，就这样，我仿佛听到了生命流逝的声音。

睡意朦胧间，有人坐到了我身边的座位，片刻之后又离开，有人已经到了站，有人要到下一站，还有人没有想好要到哪一站，他们将一辈子守在这趟列车上，一辈子飞驰下去。

“你曾停留在她身边/她只触碰到你犹豫的指尖/石刻被发现留在记忆背面/却无人愿懂你的眷恋/三日寂静变沧海桑田”，在睡意如同潮水般涌去的时候我戴上耳机，听到的却是河图的这首《藏海花》。我望着车窗上自己有些模糊的影子，还有车窗外无边的黑暗怔怔出神，恍惚看到我往昔所经历的岁月还有今后的人生。

学期末的时候，宿舍楼道里到处都堆满了大四学长的东西，四年的大学生涯，很快就要到达终点，他们背上行囊，终于要离开。对于他们，一切都已经结束，一切也都在悄然开始，不管怎样，他们向着远方出发了。我又想起不久前举行过的毕业晚会，我走到会场时，结束的帷幕已然落下，舞台上杂乱不堪，有一些悲伤，也有一些滑稽。那一瞬间，我忽然看到三年后的自己转身离去时深沉的背影。

仓皇流年下，开始慢慢无暇顾及很多东西，整个大一生活，就像是一声招呼还未打完，转眼却又要提手说再见。我却依旧记得自习室里打扫卫生的阿姨手里拿着拖把向我走过来，我下意识地抬起双脚，她打扫完我脚下的空地后轻轻地对我说了一声谢谢；奶茶店里的老板娘会趁没有其他人时，为我把珍珠和椰果全部加入；还有复印室里复印资料忘记带钱时，老板摆摆手说下次吧。这些微小的善意，虽未必总对我一人，但却点缀了我整个大一的生活。所有发生的那些故事，无论多么渺小，我都会记得，并且心怀感激。

这场独白姗姗来迟

有一天，我走在路上，看见被风裹挟的落叶，它们连缀在一起，飘荡在我的身前身后。我小心翼翼地放慢脚步，希望自己的抬脚落步没有阻挡它们的归途——我不知道自己为什么要这样做，只知道又到了这一季的末尾，只知道这首十年谣也已经唱到了最末。

我看见了北来的大雁，它们追逐着暖流栖息，只要挥动翅膀，就能够飞跃千山万水。年幼的孩子看着天上的“人”字，眼睛里放出了惊奇的光芒。有一天他们会长大，离开脚下这方走过多年的土地，在司空见惯的寒来暑往里，在大雁一季又一季的南来北往里，最后看出感伤的意味。

与落叶相比，我们在追逐着什么栖息呢？

江南冬日的阳光，透过图书馆的玻璃窗，洒满我的全身，充满了和煦的味道，让我开始想起许多过去的事情。长久以来，我背对着阳光行走，看见自己的过往，就像脚下的影子，被阳光拉扯出去并延伸到了我看不见的远方。

活出向日葵一样的姿态，那到底是一种什么样的彻悟？

有一天，我在旅途中碰到一位老者，他微笑着向我打招呼，我们素不相识，我只能略带尴尬地对他说：“你好”。我一直在想，好像不知道为什么，我在旅途中遇见的那些陌生人都对我很好，尽管我们并不熟悉。后来我坐在凉亭中休息时又遇见他，他与不擅长言谈的我聊起天。告别之后我再没有遇见那位老者，只知道他年逾花甲，是本地人，或许是哪所学校的历史老师。我总觉得一次旅行的偶遇并非偶然，命运总在最不经意的时候向我昭示些什么，而我，要自然而然地去接受它。

深秋的时候，我登上北固山，沿着那条东吴古道，我的每一步都像踩在史卷里。千百年来，人们到底怀揣着怎样的心情走过这条路，还有满地萧瑟的落叶，它们是否知道，转眼已是千年之后呢？写着“吴”字的黄色大旗飞扬在风里，它看着在它跟前拍照留念的人们，眼神里充满了嘲弄的味道。还有半山腰的一座小石亭，漆红的大柱上篆刻着两句诗：“潮生建业水，风散广陵烟。”可是已经太久没人来了，小亭里落满了尘埃，我站在那，只能凭栏远眺，不能闲坐小憩。

走上最高处的阁楼，视线跨过长江，我似乎看到依水而居的人们，他们过着日出而作、日落而息的生活；还有并不遥远的北方世界，那里有我的家乡。那些肃穆站立的历史遗物，它们永远旁观着世态炎凉，我路过它们，经过它们，可是我留下的脚步永远打动不了它们，最后只有我自己记得我曾来过。

我走过很多的路。

我记得大礼堂前的那条小路，是我最喜欢的一条路，它的两侧是林立的树木，还有一座红砖筑成的房子，上面的“毛主席万岁”几个字隐约可见。整条路面尚算平整却布满裂纹，它躺在这里一定已经很久了。如果非要追溯它的年龄，它应该与那栋红房子一样，都走过了几十岁的春秋。

它实在是普通得不能自成一景，可是我很喜欢。

无数男生和女生走在这条路上。偶尔会有胆大的男生骑着自行车，一路飞驰而下，衣袂飘飘间回头对着惊叫着躲开的女生潇洒一笑。我与他们共同走在这条路上，并且走了很久。我们都曾迎着拂面的微风嬉闹，嗅着空气里的青草香微笑。还有几缕终于艰难穿过密叶的阳光，野花在它的照耀下开始茁壮成长。

很多个夜晚，我独自一人走在这条路上，江南的夜晚潮湿而多雾，昏黄的灯光也因此抹开了一圈光晕，身后的影子被拉得很长，我转过身去，看见它延伸进了我看不清的暗处，这多么像一个人的记忆。

我看见路灯下蹲坐着一只猫咪，它倏忽窜进灌木丛消失不见；我看见有风吹过，落叶打着旋飘下。整个世界空荡荡的，只听见我一个人脚步的回响声，我沉默着置身其中，小路与我永远相对无语。

有一天，我踩在通向图书馆的那条狭窄的木板路上，凄凄月光下，两侧湖水波光粼粼，风吹过的一刹那，好像一切定了格，我抬起的脚步还不曾落下，那只年幼时被我丢出去的纸飞机，穿过十几年的光阴，缓缓地重新飞回到我手里。图书馆里我喜欢走那条螺旋梯，这种圈型结构像极了一个人的成长，隔着巨大的落地窗，暮色四合时能看到远方渐升的微芒，还有飞驰的车辆，带着流光倏忽而逝。有一天，我遇见一位年轻的父亲，他拉着自己刚学会走路的孩子的手，与我一起从螺旋梯上缓缓走下。在走到一楼电梯门口时，年轻的父亲问孩子："这次我们上几楼呢?"

从未这样靠近你

再见，再见

那天正在工厂实习，丹姐突然打来电话，她迫不及待地问我："你要转专业啊？"我说："是啊。"她问："你想好啦？你了解过我们学校文学专业的情况吗？"我说："了解过一些。"她又说："那你就应该知道我们学校文学专业其实并不是优势专业吧？"我回说："我知道，我已经想了很久了。"丹姐无语地说："那好吧。"

丹姐是我的辅导员，我们是她带过的第一届新生，她并不比我们大多少。我的学校是一所以理工类见长的综合性大学，尽管也有文学院。我对文学院的所有了解，是来自于我在文学院的一个朋友。她很早就知道我有转专业的想法，但是一直劝我不要转，她的理由跟丹姐一样，我不应该放弃自己的优势专业。

仅仅是把文学当成自己的爱好就好啊，我的高中语文老师这样劝我，并且举了很多例子向我证明即便是工科生也能够在文学上做出成绩。我的室友对我说："听说我们这一届有人转专业为了补修学分被降了级，我觉得挺奇葩的，可仔细想想，我身边就有一个工科生居然要转去文学院，我也就觉得他们都没什么了……"

转专业并不像很多人认为的那样。我并不是一时兴起，而是已经酝酿了很久，从大一上学期就开始想了。我最终还是失去了耐心去学习那些无穷无尽的计算、各种各样的实验，还有不同种类的药水和试剂。尽管我的成绩还不错，但我很清楚自己将来是绝对不会去跟这些东西打交道的，因为我不喜欢。

我常常在想，短短的大学四年，如果不能够做自己喜欢的事情，那我将来一定会后悔。我不仅想要走近文学，我还想要研究它，我还想要站在文学的殿堂里打量它，更近距离地感知它。我知道很多人都在关心我的决定，毕竟这不是一个文学兴盛的时代。在我跟高中语文老师说自己将来打算成为一名学者专心从事文学研究的时候，她笑着说："那你一定要做好心理准备啊，以前我觉得你文笔很好，将来也许会去做编辑的，没想到啊。"

我的父母并没有干预我的选择，他们知道我从小就喜欢读书写字，我的决定大概也并不让他们感到有多么意外。他们很小心翼翼地询问我未来的打算，在我向他们倾吐自己的想法以后，他们松了一口气。我的父母都很清楚，工科的学习并不适合我。然而高考过后填报志愿时我却选择了工科专业。尽管我觉得即将到来的一段时光必将是很难熬的岁月，可似乎也没什么不妥，念工科将来可以养活自己，除了我的父母，我自己也是这样认为的。直到有一天，我对自己越来越了解，终于想要顺从自己的内心做出选择，尽管这条路可能并不好走，但是这对于我或我的父母而言，应该是欣慰的吧。

大一上学期结束后，我便开始正式准备转专业，我需要准备的是笔试和面试，笔试只需要考大学语文，面试则由文学院的老师当面提问。笔试是轻松通过的，但是由于我向来不太擅长言语表达，面试环节则有一些坎坷，然而终究是成功转专业了。后来有人对我说："你那时候没必要那么紧张的，你是凭借成绩转过去的，文学院肯定会收留你的。"我以为新的专业和班级中的同学应该不会有人或者极少有人知道，新学期他们将迎来一张新的面孔，然而在我还不知道笔试、面试情况如何的时候，新学院的辅导员就已经对班里的学生说:“工科的一个男生要转到我们班，还是个学霸哦。”

那时候我比较担心需要补修太多学分，害怕会被降级，而新学院的辅导员超哥很热情地告诉我:“不会降级的，当然你要是想去 2015 级也不是不可以啊。”所以最终我还是顺利地跟随 2014 级的学生完成接下来的学习。

转专业成功的学生名单在网上公布的时候，我还在工厂与大家一块儿实习。那时候对于已经成功转专业的我而言，早就没有与大家在工厂实习的必要，但是我还是不想走，因为舍不得。直到名单公布的那一刻，大家才知道，一直都跟大家相处得很好的小明同学，已经不能跟他们一起进行接下来的学习生活。

> 向来不擅长用言语表达自己的感情，所以只好用笔——“突然发觉，好像我一直都在不断地离开，离开一个人，离开一个地方，离开一段过往，最后离开我自己的生活。”我记得这是我对自己说过的一句话。就像是一场宿命，或者说一个预言——我又要离开了，离开“质安二班”这个让我眷恋和给我存在感的集体，毕竟我在这里获得了关怀，获得了支持，获得了认可与接纳，那么多的东西，是我中学时代所没有感受到的。时至今日，我一遍遍地翻看大家曾经写给我的明信片，不觉潸然泪下。长久以来，与其说是不舍，其实更多的是愧疚，我辜负了大家的期望，辜负了与大家相处的时光，也辜负了与大家好不容易培养起来的默契和情谊。
>
> 整个金工实习快要结束的那个下午，大家在一起

打扫卫生。“欢爷”突然跑来问我：“你真的要转了？”我说：“是啊。”她说：“挥挥，那以后再也不见了。”我笑着说：“怎么会？”可突然之间就觉得怅然若失，拿着扫帚茫然失措间就忘了要干什么。早在下定决心要转之前，我就知道，将来自己一定会为这个决定难过，我以为自己已经做好了充足的心理准备，可是却没有想到那些悲伤的情绪一下子就来得这样猛烈。

面对感情我似乎永远做不到坚决果敢，用很长的时间鼓足勇气去下定一个决心，却要用个更大的决心来说服自己不要后悔。就像我打开了一扇门并毫不犹豫地走了进去，却不能毫不犹豫地一直走下去，总要一步三回头，带着对过往的强烈不舍，望向来时的那个门外的世界。我深知此次一别，就再也没有退路。我不断地问自己，是否真的已经准备好了呢？若干年后我是否会为今天的决定后悔不已呢？我将走多远，我能走多远？所有的这些问题，只有时间能够回答，只有努力能够回答。

“志明，我知道你一定能够到你喜欢的地方做喜欢的事、学习喜欢的东西，所以即使你要离开我们班，我还是很高兴，祝福你！人的一生那么短暂，真应该赶快去做自己想做的事情。不管你到哪里，我们都一同度过了懵懂的大一一年，不管什么时候，只要你回头，我们都在。”最后，感谢班长阿芝代表全班送给我的祝福，感谢大家一直都在。此间情谊，镂刻心间，永生不忘。

透过当时写下的这篇用来跟大家告别的文字，我似乎还能看到那个难过的自己的模样，后来我去丹姐办公室办理转专业手续时，她感慨地说："我们的小白菜要交给别的学院啦，过去以后好好努力，有时间就回来看看。"我回答说："一定的。"可是我再也没有回去过，我忙碌的补课生涯开始了，而她又开始为下一届的大一新生忙碌。

我曾经所在的"质安二班"，每次组织班级活动，阿芝还是会来邀请我。其实有时候我会安慰自己，我仅仅是不跟大家在一块儿上课了而已。我忘不了这群人。

有一天晚上我接到一个电话，是我在大一参加的一个去贵州支教的公益团队的队长打过来的。她对我说："我们几个队长商量了一下，想让你和念慈跟我们一起去支教，当地的学校我们已经联系好了，你看怎么样?"我问什么时候出发。她说就在最近两天。

这一刻我已经等了好久，我期待着有一天队长能够亲口告诉我，我具备了去贵州支教的资格，我所做的努力都是值得的。然而当那个无比平凡的晚上队长打电话告诉我我能够去支教的时候，我却告诉她，请给我时间想一想。

很多事情都赶到一起了。队长还不知道，此刻我距离转专业的笔试和面试还有半个月不到的时间，支教与转专业，又是二选一的抉择，可这两件事我都为之付出过心血。我把这些告诉队长的时候，她对我说："那你一定要好好想想，转专业也是一件大事，想好了告诉我答案。"

最后，在不断的纠结中，我告诉队长，请他们再看一下有没有其他人能代替我，如果找不到人，那我就不转了，跟他们去支教。我知道那一刻我退缩了，为了逃避选择，我把选择的权利交给他人，然后听天由命。

念慈是当时与我一起报名参加支教团队的隔壁班的一个女

孩，她暑假支教回来以后已经成为支教团队的负责人。她后来问我："我们下个暑假还会组织去贵州支教的，你来参加吗？"我苦笑着说："不参加啦，你好好加油啊。"我很羡慕她。

这是在我转专业前的最后一个小插曲，不知怎么我就想起了它。这对我而言是整个大一学年最遗憾的一件事，然而也是最无可奈何的一件事。为了能够转专业，我放下了与原先班级的情谊，也放下了去支教的宝贵机会。很多事情都已经过去，我知道不会有人埋怨我，也知道自己其实并没有做错什么，可还是很难过，归根到底，我不够坚定。

然而所幸我还能够写，我把很多东西记在这里并对他们说再见。是的，再见，我们总能够再见。

从未这样靠近你

岁月在我指尖

大二学年是我转专业后的第一年，也是对我而言极为重要的一年。在日复一日的忙碌的补课生活中，我终于还是慢慢地远离了曾经无比熟悉的那群人。

虽然我已经大二了，但我常常觉得自己就像个大一新生。是的，我就像一个新生一样怀着对未来的无比好奇，走进新学年的门槛。同时我也很清楚，我恐怕很难在一个全新的班级里得到大家的接纳，毕竟他们早已熟识，而我是半路转过来的插班生。然而无论即将迎接我的是孤独或者其他，那都没有什么，毕竟那是我所熟悉的，我甚至都没有必要为此专门做好心理准备。

我记得开学第一天升国旗前，新班级汉语 3 班的班长发信息告诉我班级所在的位置，我找到方位以后默默地站在队伍的最后，然后发信息告诉她我来了。她从队伍的前列走到离我几步远的地方打量了一下，没有说什么就转身走了，但我很清楚刚才那个看起来聪明伶俐的小个子女生就是她。我一个人都不认识，也没有人主动跟我讲话，只有新的辅导员远远地冲着我笑了一下。

升完国旗以后各自回班级。班长组织转专业学生见面会，我像个小学生一样拘谨地站在讲台上介绍自己的情况，然后走下讲台回到座位开始准备上课。坐在我身后的一个男生很自来熟地问我:“帅哥,你为什么转来我们专业啊?”我说:“原来的专业学不下去了。”他问:“你原来什么专业啊?”我回说:“食品专业。”他语带遗憾地说:“学食品专业多好……”

日子一天天循规蹈矩地过去,每天我早早地来到教室,然后上完课收拾东西默默离开,也很少与其他人交流,以至于大二上学期过完以后我仅认全了为数不多的男生,以及几个班委。我变得越发的沉默,新的班级不像我以前的班级总是组织集体活动,这让我很是怀念以前班级的那些人。

所幸我并没有被这个班级排斥,在这段每个人都是上完课就走的生活中,我不会主动地走近男生组成的两三个小团体,更不会主动去跟女生搭讪,在班级概念逐渐模糊的大二学年里,这些是根本不必在意的问题。

我开始疯狂地补课,用近乎一年的时间去修别人两年修完的学分,那时候网上选课一学年要修的学分有专门的限制,而我一门心思地只想在大二就尽量把落下的课都修完。我站在教务处的办公室里,请求老师取消我的学分限制,老师说这是违反学校规定的,说什么也不肯。然后我就站在他的办公桌前不离开,一直看着他整理文件,我的坚持还是打动了他,最终他说:“好吧,可以给你取消学分限制,你想一口气补完,出了事别来找我。”然后我忙碌的补课生涯就开始了,常常感觉自己在不断地奔走,我最常向别人说起的一句话就是:“请问一下,刚才老师布置的作业什么时候交啊?”

我需要不断地对自己进行调整。例如学会如何协调好自己的时间、如何去学习一门全新的课程、怎样才能拿到赏心悦目的成绩。但是不管怎样,我开始慢慢地适应文科的学习,我最大的欣慰就是在学习了一段时间后，没有令自己失望，我想我是适合学习文科的。

与此同时，我开始慢慢感受到时间的紧迫，在忙碌的生活中时间过得飞快无比，而我还有那么多的东西需要去学习。我以为自己转来文学专业就可以叩开文学的大门，从此走进文学的殿堂，可随着学习的不断深入，我慢慢意识到，我不过是朦朦胧胧地只看到她的影子，对此我曾感到无比恐慌。

其实沉默少言的我并没有外表看起来那么淡定，很长一段时间我不断地失眠和上火，白日里恍恍惚惚，走在路上就像是飘在云端，我焦虑时间的飞逝，更焦虑自己学识的不足。我远远没有成为自己想要成为的那种人。那些永远专注着自己的事情埋头努力的人，那些自信而坦荡的人，那些我行我素从来不在乎别人眼光的人，我深深地羡慕着他们，并希望自己也能成为那样的人。可是我依旧离目标很遥远，我做得远远不够。

我跟随比我小一级的学弟学妹补课。看着他们对未来的一切都感到好奇的眼睛，看着一副副对未来尚不明确，但是却可以肆无忌惮、无所顾虑地挥霍时间的模样，我常常很羡慕他们。生活很快就会把它残酷的一面展示给他们看，而他们此时可能对此毫无察觉。刚刚经历过高考的洗礼，面对突如其来的自由，那份简单的欣喜还没有完全褪去，直到他们开始面临人生的选择。然而一切对于他们并不是急不可耐的事情，毕竟他们还有比我多一年的时间去好好思考。

其实我对自己的未来并没有太多的疑虑，很多人问我将来打算做什么，我都说先读研再读博然后去做学术，这些我早就已经想好并且深思熟虑，尽管它从我口中说出来的时候显得那么随意和平淡。我从来不会轻易地做决定，因为我很清楚自己一旦做出决定，就一定会沿着这条路走下去，哪怕撞得头破血流。当然我不会头破血流，因为我早就不再是那个天真的少年。

有一个明确的目标可以减轻我的很多心理负担，尤其是对于我这种时常不自信的人而言。有一天，我的古代文学老师站在讲台上说，从容，是一种很重要的人生态度。这句话深深地印在我的脑海里，尽管这也许仅仅是他随口讲出的、平淡如水的一句话。

后来我时常在想，什么是“从容”呢？是泰山崩于面前而不变色？是人在穷厄之时仍能淡然处之？还是看破万物利害后的超脱旷达？我常常觉得，要想从容地面对人生，首先要有能够从容的底气，我不是一个能够从容的人。

古代文学老师被同学们私下里认为是最有才华的老师，他的课常常爆满。所有他开的课我都去上，没有座位的时候我就去别的教室搬一个凳子坐在最后面，我相信他的课堂能够带领我更加走近文学。

还有其他几位大学老师。听他们的课常常让我觉得自己正在快速成长，我学会了如何看待问题、如何思考、如何互相理解、如何宽容。相较于过去的二十年，我从未觉得自己的生活是这样清楚明了，我轻装上阵，并且尝试奔跑，我很感谢他们对我的帮助。

也许是因为学习的不断深入，也许是因为对文学理解的不断加深，那些自年幼起就因为孤独和迟钝养成的思考的习惯，开始变得更加具体。比如读到一本优秀的小说，我会下意识地去分析它的语言、结构、人物形象的刻画、矛盾冲突的情节设置等；看到一部优秀的电影，我会不自觉地去分析它的人物对白、镜头抓取、演员演技，以及导演想努力向观众传达的精神内核等；听到一首好听的歌曲，我会去分析它的节奏是否和谐，歌词是否优美等。对于那些审美的对象，我除了想要感受它们的美，还想知道它们为什么美。我想这些都是文学带给我的。

我的内心越来越平静，笔下的文字也越来越平淡，文学让我懂得越来越多的东西。我认为最重要的可能并不是我们对于文学本身的看法，而是文学对于我们自身成长的引导。我记得作家王小平在怀念他的弟弟王小波的文章中说，每个人都在积攒培育自己的一颗精神内丹，这颗内丹能够让我们发现生活中那些有意思的事情，让我们的生活妙趣横生。我希望文学能够给我一个更加开阔的视野，也让我成为一个有趣的人。

我一直都是一个有些笨拙的人，所以我的反应也总是比别人慢一点。走在路上时别人喊我的名字我常常听不到，我的室友让我帮他把书桌上的东西拿过去，我找很久也找不到，尽管那东西可能就放在书桌很显眼的地方。我希望自己能够成为一个有趣的人，很大一部分原因就在于此，我不是一个反应迅捷的人。但是我会不断努力，我把自己的那些目标写在纸上，它们就变成了一个个警示标语，散布在我成长的路上，并不断地提醒我，还有哪些事情没有做完，还有哪些事情要去做。我知道身边的很多人都在注视着我，我会用实际行动告诉他们，我过得很好。

河畔青青草

有一天晚上，我与一个同专业的老乡在操场上闲逛，那老乡突然一脸坏笑地问我："怎么样，有没有中意的？"我说："还没呢，你呢？"他说："我也没。"

那时候大学才刚开学不久，我与那位老乡还不是很熟，只是从同一个省份中经过千军万马的残酷选拔，最终又来到了千山万水外的同一所学校，便自然而然地感觉到亲切。那时候刚刚摆脱高中三年的压抑，对于"恋爱"这样的字眼我们仍旧讳莫如深。

我还是会想起那个曾经喜欢了很久的女孩子，还是会不断地去翻看一些东西，虽然也知道我们之间再无可能，就像我说过的，她仅仅是变成了我记录一段时光的符号。

记得某天晚上，有个朋友对我说她已经喜欢一个男生好几年了，可是她不知道该怎么办。我说喜欢那就勇敢地追呗。她说，可是他早就已经有女朋友了。我问她："那他知道你喜欢他吗？"她说："知道，那个男生感受得到。"然后她又自顾自地说她喜欢那个男生好多年，后来又与那个男生来到同一所大学，本来觉得好幸运，可是那个男生很快就有了女朋友，她说那时候只有做晨操时才能偷着打量那个男生一眼……

我问她怎么不早一点表白，她说害怕自己被拒绝，她觉得那个男生并不喜欢她，而且看到那个男生每天都过得很开心，自己也很为他高兴。

我说："既然这样，你还是干脆放弃吧，坚持下去其实难过的只有你自己，其他任何人包括你喜欢的那个男生他们不会有任何感觉的，更何况你根本不打算主动去追求自己的幸福。"她回答说："我不会放弃的，毕竟喜欢了那么久，怎么能说放弃就放弃。"我说："现在只是你一个人在难过，以后你会慢慢远离，直至最终遗忘。"

我想我始终不是一个会安慰别人的人，我甚至常常觉得自己残酷得可怕。也许当她向我倾诉这些的时候，原本只是想得到一些支持，希望以我的视角去告诉她其实她还有些许希望。可是我没有，我只是在劝她放弃，告诉她长痛不如短痛，尽管这些我自己也做不到。那时候我就应该知道，我指点不了她，她不会因为我说的什么就从此大彻大悟，彻底跟过去说再见，我说的她都懂。她只是想向我倾吐自己的难过而已，而我却想用理性告诉她坚持下去只会害了自己。

我的话刚说完，她就重新打量我一番，然后换一副口气对我说："没想到你懂得还挺多嘛。"我笑笑说："也没啥，反正我就是这样过来的。"

当我跟她这样说的时候，我的心底已经再也没有任何的波澜，一些遥远的事情早就过去，也没啥，就像说出今天天气很晴朗或者今天早饭吃的什么那样简单。但是我不打算对她说起自己的过往，尽管我们的经历很相似，所幸她也没有问。人本质上只对自己感兴趣，而我要做的，仅仅是当一个倾听者。

她又问我："如果你是那个男孩子，你会怎么做？"我想我的回答一定又要让她失望了，我告诉她我不会去做什么，甚至根本不会去想这件事，她没有向我表白，就算是我隐约觉得她可能喜欢我，我也不会为此多想，因为没有必要。

跟她说这一大段话的时候，我尽量让自己成为那个男生，但是我毕竟不是，很难去揣摩到他的想法。我从来没有见过那个男生，也没有那个男生的经历，但是我想既然都是男生，总有一些相通之处吧，这也是我的朋友来找我分析情况的原因。但是我的回答让她难过了。

后来另一个女孩曾问我："如果有一个女生，她人还不错，偶尔会来打搅你，你会怎么想？"我知道她暗恋的那个男孩子去了国外念书，也知道她这样问我的目的，然而最后我也只是告诉她，我根本就不会为此多想。这就是我的想法，那就是没有想法，我不知道自己的回答能不能代表所有男孩子的感受。

爱情是让我感到无比纠结的东西，当我想要提笔去描述它的时候，我的脑海里只是一圈又一圈的杂乱，我找不到它的端头，很多事情也就不能像我想的那样顺理成章地叙述出来。我身边的很多人都对我的感情状况抱着极大的好奇心，在我跟他们表示自己还没有女朋友的时候，他们常常做出不可置信的表情。当有人偷偷问我是不是性取向有问题的时候，我只好义正词严地声明，我只喜欢女孩。

其实刚进大学的时候我追过一个外校的女孩，我跟她是高中同学，严格来说也算不上同学，她在隔壁班，我们甚至都没有说过一句话。只是那时候身边的人都在怂恿我应该去谈一次恋爱，而我自己也这样觉得，便突然就想起了她，她跟我小学时候的同桌长得很像。隔着电脑屏幕，我对她说："我可以做你男朋友吗？"其实我已经做好了被拒绝的准备，但是她没有说接受，也没有说不接受，只是告诉我她需要一点时间。

一个月、两个月，甚至六七个月过去了，有一天我突然对自己的坚持也开始产生怀疑，我到底在坚持什么呢？大家都在起哄，我也盲目地投身这场恋爱的热潮，可是我又向来不善经营感情，对她的感受也很难称得上是喜欢，也许我所有的坚持，最后仅仅是让自己觉得很累，也让那个女生感到无所适从。终于在一个晚上，我发短信问她：“可以给我一个确切的答案吗？”她问我：“怎么了？”我说：“没事儿。”以前我并不急着得到她的答案，我仅仅是想给自己一个目标，可是后来我发现这个目标其实也很虚幻。慢慢地，我迫切地需要答案了，因为我需要正视自己的感受，无论开始还是结束，总要有一个交代，那个女孩也需要给自己一个交代。

她冷静地对我说：“我始终无法喜欢上任何人，好像失去了那样的能力。”我对她说：“可是你也很在乎我，不是吗？”她说：“抱歉。”我说：“我不想喜欢你了，再见吧。”她说：“再见。”随后她又发短信问我：“我们可以做朋友吗？”我说：“好的，晚安。”她说：“晚安。”

就这样，一场闹剧草草地结束了，我们大概也不会再有任何联系了。我躺在床上，反复地想着，很多事情原本就没有开始的必要。一些东西放下了以后反而让人感到轻松，我相信自己全身而退的决定是正确的，尽管这耗费掉了一些时间，但也因此让我更加看清自己的感受，那就是无论什么时候都要顺从自己的内心，这既是对自己好，也是对别人好。

大学期间也有一些女孩向我表达她们的善意，可是都被我一一婉拒，然后我总是小心翼翼地与她们保持距离。朋友对我说，你这样的人也太残酷了，注定孤独一生啊。我知道我并不残酷，我只是想告诉她们，与其为我等不确定的未来，不如好好去留意身边那些更加优秀的男孩。早点结束，才能早点去面对明天。

当然还有更深的原因。在长久的沉默里，我已经不再习惯与别人分享自己的一切。我习惯了一个人，从来都不会与人主动打交道，对她们更是如此。我知道这样的自己根本给不了别人想要的东西，我知道这样也许会错过一些爱情，但是我也很清楚，一些东西即使开始了也一定会早早地结束，所以干脆不要开始。我还没有做好去接受一份爱情的准备，我还没有调整好自己的状态。当然这些我不会跟任何人说，我自己清楚就够了。

朋友常常问我到底喜欢什么样的女孩，我说："眉眼温润一点，性格柔顺一点，就好啊。"朋友说："你就瞎扯吧，这样的女孩到处都是。"我笑着说："到处都是，跟我有什么关系呢？难道我喜欢这样的女孩，这样的女孩就一定会喜欢我吗？"朋友被我噎得说不出话。其实朋友倘若仔细想想，就会发现我的回答当然没有字面上那么简单，这样的女孩也并非像他说的满大街都是。朋友对我说："你真的没有必要要求太高，也没有必要想太多，就当作一段成长经历，人家女孩没准也是这样想的呢。再说，你自己不是也觉得大学期间应该谈一次恋爱吗？"我说："你说得很对。"

有一些感觉曾被我丢掉很久，可是有一天我突然发现，我的生活终究不能缺少它们。尽管我时常看到失恋的男生在饭桌上把自己灌得呕吐不止，失恋的女生在操场上一边奔跑一边抹眼泪，但是我依旧对爱情抱有向往，也许是因为从来没有经历过，所以对它倍感好奇。我常在街头看到那些依偎在一起的男生和女生，满脸都是幸福的模样，他们此刻到底是一种什么样的感受？未来我也会像他们一样吗？尽管我不习惯有人走进我的世界，可是我也知道终究会有那么一天，关于那一天我有过很多美妙的幻想。很多个独自行走的夜晚，迎着昏黄的路灯，地上只有我一个人落寞的影子，我常常会想，倘若此时我牵着一个女孩的手，我们的指尖可以传递彼此的温暖，我们谈天说地，一起走在这条黝黑的路上，也一定会很温馨吧。

最后，不管如何，我会期待着那个女孩的到来，并在心里勾画她的模样，是的，她总会来的。

第四辑

起风的季节

我的记忆里永远存在一条小巷，在那个钢铁森林还没有林立的宁静村庄。树叶经常随风飘下，湿泥时常堆积，青灰色的砖瓦上，遍布了青苔，长年如此。轻柔的风从林中穿过，我踩着脚下的泥土或是落叶，无数次地穿过小巷。手里握着一根小树枝，边走边在墙上画线，那些细碎的沙土就像金黄的瀑布一样倾泻而下。

面向小巷有一户人家，两扇木质门永远紧闭，上面贴着的春联残破不堪，新的旧的相互掩映，被岁月剥蚀得不成样子。然而我却时常望着门上的铜环兀自出神，那时候我跳起来可以勉强抓住它。我趴在门缝外向里张望，方寸之间只见丛生的杂草和在杂草间穿梭的西瓜虫。我举起手轻轻拍门，一些木屑也轻轻掉落——没有人来开门，如我所料。我抬头看着头顶的一线天空，心里想着里面的人都去了哪里呢？

时代的潮流裹挟着变迁呼啸而至，它终究还是要埋没掉一些东西来证明文明进步的轨迹。村庄终于不复往日，小巷亦不存在，童年时代的那些好奇所在，终于都仅剩谜面不见谜底了。再后来，我离开了那里，离开了那段时光，可无论何时何地，我闭上眼还是能够看到家家生火做饭升起的袅袅炊烟。整个村落安静得像是独立在时间之外，小孩子光着脚丫踩在松软的泥土上，老人虔诚地祭天拜地，还有那棵近百年的老槐树，五月花期，香飘十里。

从那以后我开始寻找。

我站在好多个陌生的村落里努力地拼凑回忆里的一隅。坐在树荫下的老人手握蒲扇驱赶蚊蝇，趴在地上的小黄狗尾巴甩来甩去。面对他们，好多东西又重新从我身上苏醒过来，我一转身便又踏进那条时光河流，依旧是那条狭窄的小巷，依旧是寥落了许久的那户人家。

后来，我慢慢地明白，为什么只有童年的那条小巷留在了我的记忆里，并伴随着我的成长而越发深刻。因为它的老和旧，混杂着时代的沧桑，像一个颤巍巍的老人在不停地喃喃低语，她呼出的每一口气，吐出的每一个字眼，都有着历史的凝重——我喜欢那些老旧的、夹杂着久远气息的东西。突然有一天，我感受到其实那条小巷我本不必寻找，它一直都在，我一直都行走在其中。它伸向了我的过去，也蔓延至我的未来，只是我看不到出口处的光芒。我的前方和后方都是浓得化不开的黑暗，唯有我走过的地方，有一点微弱的光亮，足够我去辨清砖墙累积处的脉络纹路。

有的东西已经湮没在历史里，有的东西正在被历史湮没，一二十年后，我们面对着面目全非的故土，是否会连自己曾经从属于哪里都变得模糊不清呢？或者扪心自问，我们真的曾从属于这里吗？到时，我们能做的也许就只有缅怀了，并提醒更多的人去缅怀——曾经生活过的地方是那样的，曾经从属的地方是那样的。

这个季节刮起了大风，仓皇的人们终于开始停下匆忙的脚步。有那么多东西，我们还未来得及用自己的每一寸肌肤去好好感受，它们就已经在岁月的裹挟里灰飞烟灭。就像槐花盛开的香气弥散在整个村庄的空气里，就像悠闲的放羊人背对着夕阳坐在草坡上留下美丽的剪影——这些都已经离我很远了，久远到我快要记不起来。

我看到，青灰色的高楼拼了命地扎向天空，灰头土脸的行道树落寞地站在风里，还有那么多的孩童瑟缩在银屏前的座椅上。这已不再是我那个村庄的模样，我再不会为她伤感，但一定会为她惋惜。

回忆的时代会过去，反思的时代会来临，不管怎样，我都这样相信着。

记一位故人

村子的西南边曾经有一片坟地，我小时候常常与小伙伴到那里玩耍。因为那里的土壤很松软，我常常赤着脚在那一片斜坡上走来走去。偶尔会发现一两块人骨头，我们便用树枝去拨动那些面目狰狞的骨骼，然后惊叫着跑开。父母一再警告我们不准去那里玩耍，可我们依旧偷偷地光顾那里，并且乐此不疲，既兴奋激动，又紧张害怕。

坟地的旁边有一座灵堂，正门进去首先是一个院落，院落里摆着一只大鼎，那是用来烧香的地方。与正门相对的是通往地下室的一个入口，地下室的空间很大，但是我从来没有进去过。我只记得或许是在梦里，或许是在现实生活中，我站在入口处，常常感受到迎面而来的一阵阵阴冷的风，然后毛骨悚然。一个小伙伴信誓旦旦地拍着胸脯说自己进去过，下面是摆放死人骨灰的。而我心里常常想，要是这样，那一个个低矮的“土馒头”下面埋着的是什么呢？

那座灵堂给过我们很多幻想。我们常常想象着地下室里居住着长着尖锐的爪子、锋利的牙齿、张着血盆大口吸食人血的妖怪，但是这并不妨碍我们去那里玩耍，我们甚至偷偷地从墙外面朝院子里面扔鞭炮。每当这时，那个住在院子里的拾荒者就会手拿棍子骂骂咧咧地追着我们跑，而我们一边逃窜一边冲着他做鬼脸，年幼的我们打扰了居住在那里的人，也打扰了居住在那里的亡灵。

我还是能够记起那个拾荒者的模样，他常常穿着深绿色的军大衣，骑着自行车在村子里逛来逛去；也时常坐在街头，仰起脖子喝下一口白酒，然后张开黑黑的嘴巴啃一口咸鸭蛋。后来他死了，大人们说他死于一场车祸。

他有自己的孩子。他的女儿比我们这些小孩子大一点，好像不在他身边，我们也只见过她一两面。他儿子跟我们一样大，我们在村子的书房里上课，他自己在村子里四处闲逛，他是个小拾荒者。

我们偶尔会跟小拾荒者一起玩儿，不，应该说是捉弄他，因为他跟我们不太一样，他似乎有些低能，但又似乎不是，无聊的小伙伴为这个问题争论过好久。大人们常常考我们一加一等于几，二加二等于几，我们就模仿大人的口气去考他。他答不出来，我们就很自豪地一遍遍地考他。村委会要他跟我们一起上书房，但是由于他不遵守纪律，也不按时到校，最终也就对他放任自流。

后来有一段时间没有见到他，听说他离开了我们村，被一户很好的人家收养了。再见到他时，他穿着干净体面的新衣服，规规矩矩地跟在几个光鲜亮丽的大人和小孩子后面，手里拎着刚从超市买的一大包东西。再后来他又回来了，继续穿着他脏兮兮的衣服，在附近的几个村子里游荡。

大人告诉我们，他的父亲其实并不是住在灵堂里的那个拾荒者，他真正的父亲早死了，从此我们便又有了捉弄他的手段。我们问他："你知道你父亲是谁吗？"他说："知道。"我们起哄说：

“你不知道，你以为的父亲其实是你大伯，你真正的父亲早就死啦！”他反驳道：“你们骗人！”我们说：“没有！不信你回家去问问。”他还是不断地重复：“你们骗人！”

后来再碰见他，我们还是问他：“你知道你的父亲是谁吗？”他说：“知道，我的父亲死了，那个人是我大伯。”我们就嘲笑他说：“哈哈，你没有爸爸。”然后他一边哭一边愤怒地说：“你们才没有爸爸！”

我想起他的口头禅——你们总是欺负我，你们是在伤天害理。村子里有一些比我们大的孩子，常常欺侮他，甚至虐待他。他是个很瘦弱的孩子，每次只有屈服，当他实在受不了了，他便露出狰狞的模样发狂地张着嘴大哭，然后哆嗦着身子拼命奔跑，眼泪、鼻涕在他的脏脸上留下一道道痕迹。他一边哭喊一边用颤抖的声音吼出：“你们总是欺负我，你们是在伤天害理！”

那张遭受欺侮的、痛苦的、扭曲的面孔永远地印在了我年幼的心里，让我每每想起这件事总是不由得内心一阵抽痛。我也是他口中的“你们”中的一个，虽然我并未参与，但是我也在旁边看着，我无法去阻挡那些比我高大比我强壮的男孩，更没有站出来的勇气，当这个疯小孩背对着我们逃跑的时候，我很心疼他，也很恨自己。

我想起关于他的很多片段。想起曾经在集市上看到他嘴里塞着一块炸鸡拼命地逃窜，炸货店的老板娘一边咒骂一边拿着笤帚拼命地追赶；想起冬日的街头，他不知从哪里讨来一块烤熟的烂地瓜，用满是冻疮的脏手剥开焦黄的皮，然后将冒着热气的地瓜一口吞下；想起他一个人在结了冰的河面上溜冰；想起他爬上树梢跟小孩调笑。后来我们上了小学，慢慢长大，而他好像永远也长不大。我记得他曾经问我敢吃自己的鼻涕吗，我说我不敢。他说他敢。然后他将擤出的鼻涕吃进嘴里。

我想把自己的旧衣服送给他，但是我找不到他。他像个野孩子，到处游荡，那个“灵堂”的家他也不回，当夜幕降临，整个大地都变成他的床席。年幼的我们曾经无比渴望像他一样自由，可是我们无法像他一样在一个个垃圾桶里翻找能吃的食物，穿着破旧肮脏的衣服在街头肆无忌惮地跟比他小的孩子嬉笑打闹。

上初中的时候我曾在广场上见过他，他正趴在水池边专心致志地捞鱼，跟小时候一模一样，穿着破破烂烂的衣服，抹着脏兮兮的脸。我不知道他是否还记得我。又过了好几年，我再也没有见过他，就问从小一起长大的玩伴说：“你还记得小时候我们村里的那个流浪儿吗？”玩伴漫不经心地说：“记得啊，不过好久没见过他了，他不会是死了吧？”我心猛地一怔，但愿没有。

年幼的时候我走过很多的夜路，并常常把自己想象成他，但是我很害怕黑暗。很小的时候，我经常在外婆家吃完晚饭，然后自己顺着村子里的一条条小巷回家。无论天上的月亮和星星多么璀璨，它们都不曾照亮过我身边的黑暗世界。我害怕小巷拐角处的那户人家，院落里有一只大黑狗，每当我从门前经过，它都冲着我狂吠不止，拴着它的铁链在地上扫来扫去，我很害怕它会挣脱铁链。有时我就想，那个流浪儿会怎么做呢？很多个寒冷的夜晚，我瑟缩在暖和的被窝里，看着窗外的鹅毛大雪，听着窗外的瓢泼大雨，感受着窗外呼啸而过的大风，心想，那个流浪儿要怎么应对呢？每到这时，我都觉得无比难过。

那个小小流浪儿，他现在到底怎样了呢？

好想对你说

你居然学会了发短信，这让我觉得不可思议。在我还未离家的那段时间，你总嚷着让我教你，而我总笑话你，说这么高深的东西教了你也不会，你气闷闷地说不教算了，然后就一直不理我。我说我错了还不行，然后你又兴冲冲地凑到我跟前，于是我三心二意地教你，先摁这个键，再摁那个键，然后——你果然没学会。我便愈加嘲笑你。然而在我前往异地求学后，你突然就学会了，从此我的手机里面每天准时收到你的一条短信。

我想摸摸你的头，夸你真聪明。

悄悄向外婆打听你的小名，外婆告诉我你叫莲香。嗯，素梅是你的大名，莲香是你的小名，文化水平不高的你，名字倒是挺风雅！从小到大，被你问得最多的问题就是："你觉得我漂亮吗？"天真烂漫的孩提时代，我总傻傻地说："嗯，漂亮。"后来你再问我我就不说话，再后来被你问得不耐烦了，我干脆回答说："都几十岁的人了，何必呢？"然后你用手指狠狠地戳我一下，赌气地说："你啊你，白养了你这么大。"然后你就又不理我，我偷眼打量你，笑你生起气来像个孩子。然而还是要承认，你确实很漂亮，家里外婆姨妈舅舅所有的人都这么说。又记起那年你去烫了发，回来洋洋自得地问我怎么样，其实我喜欢你原来那柔顺浓密的直发，便极尽挖苦之能事地说看着像乱糟糟的草窝，然后你就耷拉着脸生了一晚上闷气。

你最喜欢照镜子。早上的大部分时间你都对着镜子发呆，我想问你看到了什么。是岁月那把无情刻刀，还是过往的青春年华？突然有一天，你对着镜子大呼小叫："哎呀，这里长了一根白发，快帮我把它拔掉。"我说："别动别动，越拔越长的。"然后用剪刀轻轻把它剪断。我攥着这根白发良久无语，向来不显老的你居然也有了白发。我把手伸向窗外，让它随风飘走。我说这是你的第一根白发，你双手捧着脸说，要变成老太婆了。其实我没有告诉你，掀起你表层的头发，还有好多银丝藏在下面，我不和你说，也希望你没有发现。

但后来，你很少再照镜子了。

你最喜欢跟我讲你小时候的事，我饶有兴致地听了一遍又一遍。你说你小时候穿得那么单薄，天寒地冻地去给舅妈看管菜地，寒气伤到了脾胃，油腻从此就不能沾碰了，什么好吃的也吃不了。我说我脾胃也不好，原来是拜你所赐，你神情一怔，然后骂我就会由着嘴胡说，我笑着让你继续说下去。你说你十三四岁的时候，一个人坐上了去东北的火车投奔姨妈，大冬天里走街串巷卖包好的粽子，手脚皴裂，没有了知觉；你说你像我这么大的时候跟师傅学手艺，吃的苦现在都不敢想；你说你在生下我的前两天还在修着自家被冻坏的水管。在你说这些的时候，我总觉得你就像是个矫情的小姑娘。你说那时候人真是坚强。我说是啊，我打心眼里佩服你呢。

晚上你下班回家，累得倒在沙发上，嚷着叫我给你捶背，还问我说："我这么辛苦，你将来孝顺我吗？"我突然想要跟你开个玩笑，就说"不"，你突然转过头来，一脸严肃地对我说："你敢？"

我笑着说:“不敢。”然后你心满意足地转过头去,沉默了好久,你又突然说:“哎,这辈子有你就值了。”直说得我有些羞愧。过了一会,你好像突然又想起了什么,自言自语道:“也许将来有了媳妇儿就不一样啦,不管我啦!”我急忙说:“那怎么会……”

常言道,多年父子成兄弟,那么多年母子呢?一家人因缘相聚,共处同一屋檐下,生活里无外乎柴米油盐,然一粥一饭亦尽显温馨之道,此父母之苦心经营,断不可忘。百善孝为先,羔羊尚有跪乳之恩,生为儿女羽翼正丰之际,更应捍守一家之温暖。当然,我深知,父母所给予我的,我今生今世恐也难以偿还,不如下世我们身份调转,你们为儿女,我为父母,唯有如此,方能赎我此生难以偿还之愧。

汝名

我：“你上几年级？”（她终于来了）

她：“四年级。”

我：“那我们现在开始吧？”（辅导作业）

她：“可是我的作业都写完了。”

我：“呃，那哥哥帮你检查一下好吗？”（我突然觉得气氛有些尴尬）

她：“我们还有课堂作业，我做我的课堂作业，然后你给我检查家庭作业。”

我：“嗯，行。”

我们开始做各自的事情，一直沉默无言，期间她问了我一个单词的拼写，她很快就写完了作业。

我：“你是住宿生吗？（我边检查她的作业，边与她交谈）

她：“不是。”

我：“过会儿你的爸爸妈妈会来接你回家，对吗？”

她：“不，他们很少来接我。”

我：“那你会和其他小朋友一起回家喽？”

她：“不，我自己走。”

我：“为什么不和人家一起走？”

她:“……就是一个人走。”

我:“一个人回家不害怕吗?”

她:“不,习惯了。”

又沉默了好久。

我:“你的爸爸妈妈几点下班回家呢?”(只得转移话题)

她:“爸爸八点,妈妈六点半。”

我:“可是你们四点左右就放学了,你一般自己在家做什么呢?”

她:“写作业,做手工。”

我:“做手工?美术课上老师教的吗?”

她:“也有自己发明的。”

我:“不出去玩?”

她:“不出去玩。”

我:“你的老家在哪里?”

她:“徐州。”

又是沉默,她绝不主动开口说话。

我:“这里有一个字写错了。”(我指给她看,她用胶带小心翼翼地把错字粘掉,她的作业很工整,字迹很认真)

我:“平时在班里考第一名?”

她:“认真一点的话前五。”

这时候天已经快要黑了。

我:“天快要黑了,一会儿让大哥哥大姐姐送你回家,行吗?”(我看着其他的小孩子对她说)

她:“不用,我自己走。”

我:“那……这样的话……趁天没有完全黑下来,你先走吧。”

她开始很迅速地收拾东西，我望向志愿者组长，他允诺地点了点头。

我："路上小心。"

她："再见。"（她背上书包，头也不回地径直离开）

我在座位上呆坐了好久……

当天下午，我与其他六名志愿者前往一所小学对小学生进行课业辅导。一行七人下午三点半出发，阴雨阵阵，朔风凛凛。

当我们踏上一条稍显泥泞的土路时，我突然意识到，这所学校竟是坐落在一个偏僻的村子里。路的一侧是菜地，匍匐在地上的青菜看着绝无生机，另一侧是建筑工人搭建起来的简易居所，临房堆满了钢筋和铁线圈。再远方看过去是正在建设中的高楼，绿色的围罩纱网还没有撤去，整个世界在我的眼中呈现出一种灰蒙蒙的气象。

之前来过一次的组长说，来这里上学的孩子大部分是外来务工人员的子女。我环顾着四野的萧条景象，大概也感受得到。

雨势渐急，我们加快了脚步。

村口站着几位闲谈的妇女，见我们统一着志愿者服，大概对我们很好奇，就停止了交谈，目不转睛地看着我们。我的手里挑着此行的旗子，她们用力地辨识上面的字迹。

到达目的地时正值放学，一群小孩子正排队从校门口走出，一看到我们就开始叽叽喳喳地议论起来，其中一个嚷着："我知道我知道，他们是志愿者。"然后露出洋洋得意的可爱模样，我却觉得自己像是来自另外一个世界的造访者。

组长与门卫打好招呼，我们走进了学校，眼前的这所学校并没有我想象中的破败。

我所辅导课业的小姑娘是最后一个来的，她的作业都已经做完了，我只好替她检查作业，然后慢慢尝试着与她交谈，因而也就有了上面的对话。她讲话的语速很快，精准扼要，几乎不带任何感情。她才十岁。她不愿意与我多说些什么，只要我不开口，她绝不主动说话，她的行为让我感到无所适从，她是单单对我，还是对所有人都这样呢？在我之前接触过的所有小孩子中，这是从来没有过的。

她走后，我莫名地松了一口气，与她的交谈，总让我觉得有些不安。因为她的成熟，她的坦然，还有她对此的习惯，将年幼时的我的无知和不懂事暴露无遗。我曾对人说，当我回首自己短暂的人生经历时，唯有那段天真单纯的童年时代是我可以拿来与人诉说的资本，相较之下，我不知道这是她的悲哀，还是我的悲哀。

但是我总觉得每个人都应该按照自然时序健康成长，就像年幼的孩子应当天真活泼如同春风拂过的草地欣欣向荣，就像衰朽的老人应当安静恬然如同大雪覆盖的土地，无论是谁都不应该过早地承受和感受一些东西。那个年幼的女孩，她是否会在未来感慨自己失真的童年呢？

我突然想到，难道是她希望这样的吗？哪个年幼的孩子愿意背井离乡，在异地他乡的一所学校里，忍受着别人异样的眼光，或者在别人嘲笑的口吻里，用蹩脚的方言同这片陌生的土地打交道呢？哪个年幼的孩子愿意孤独行走，哪个年幼的孩子愿意独自面对这个偌大的世界呢？他们自己左右不了，他们的父母也左右不了，一切都是为了生活。他们在日复一日、无可奈何的被动承受里，不知不觉地就褪去了本应该属于他们的最宝贵的东西，并用一种敏锐的、冷静的眼神来审视自己身处的环境。就像那个小女孩，我不过是她审视的对象，我观察她，她也在观察我，这让我觉得有些可怕。

在未来的很长一段时间内，他们会继续在一座座城市的来回穿梭中度过，他们不能够与任何一座城市建立紧密的联系，不能与任何人结下亲密的友情，在他们的眼里，那不过是一座座钢铁森林，冷漠得没有一丝温度。而他们的成长，相较其他孩子有着更大的不确定性，他们过早地体会到了颠沛流离。我不能对他们今后的人生之路妄下论断，可是我已经看到这股潮流催生了那么多的悲剧。

希望他们能够得到更多的关注和关爱，希望人们的善意能够化解他们对这个世界的抵触，希望他们能够成为善良正直的人。还有那个女孩，不管她将来以什么样的姿态成长，我都愿她能一生安好。

宁有故人

夏天快要来到的时候，我的书桌上莫名地多了许多小虫，它们在我的作业本上、胳膊上爬来爬去，在书与书之间来回穿梭并乐此不疲。我停下手中那些永远也解不开的题目，看着它们钻进那些书的夹缝里，或者忽地一下又振翅飞走了。厚厚的数学课本上落了一只蜜蜂，绿色的扉页也许是它眼中的绿叶吧。安静的教室里闯进了一只蝉，聒噪的鸣叫声昭示着这个夏天真的来了。这些卑微的生命，这些渺小的存在，这些浩瀚星宇中的粒粒微尘，它们究竟是为什么存在呢？

若干月前，我去看望久病中的二舅——一个因为绝症而放弃治疗、颓然地等待死神降临的人。二舅斜躺在沙发上，漫无目的地看着电视。我望着他枯槁的面容，感觉他仿佛一下子老了二十岁。我问二舅最近有没有感觉好一点，他只是爱答不理地“嗯”了一声。外婆坐在相邻的沙发上看着我，我突然觉得我说什么都是错的。

舅妈问他吃些什么吧，他像个孩子似的说着要这个不要那个——是否人在临终前都会回归到降生的起点？之后便是永远的沉默、让人窒息的宁静，我只听到，唯一还在发出声响的是墙上的钟表，唯一还在活动着的是不断交替的电视频道，二舅把遥控器翻来覆去地摁了一遍又一遍。腐旧的、衰朽的气息充斥在这个不大的空间里，我受不了这样的压迫，起身告辞，几乎是落荒而逃。

倘若是猝然而逝，或许会更好受一些。已经熟稔自己离去的日子，能够感受死亡越来越近，身体越来越痛苦，那到底是一种怎样的折磨？我常常在想，人在得知自己快要走到生命尽头时会想些什么，是否会将往昔捧在手上仔细端详，看这一生究竟是如何度过。从牙牙学语的幼儿，到白发苍苍的老者，这之间经历了多少人生的大悲大喜、大彻大悟呢？

之后，二舅又住进医院，并开始不断地吐血。而我也再没有去看望过他，因为怕，因为年轻的心还无法承受那骇人的场景。再之后，就是二舅的死讯了。母亲告诉我这些的时候，我惊讶于自己语气的平静。

——什么时候？

——昨晚十一点左右。

我不觉得难过，只是觉得无边无际的悲怆。不仅仅是为二舅，更是因为我突然发觉自己已经失去了太多的亲人，人们虔诚地膜天拜地、求神告佛妄求生命的延续，可是生命终将逝去，人们最该祈祷的，难道不应是安生乐死，面对死亡时能够从容应对吗？

我记得自己也曾目睹过生命在临刑前的痛苦挣扎，只是那时我还小。一个寒冷的冬天，我与母亲站在病床边，病床上躺着的是我的姨妈，她骨瘦如柴，身体不断地抽搐，旁边的一个小叔叔低声说癌细胞已经扩散到了大脑。我躲在母亲的身后偷眼看着。痛苦的呻吟声不断地在屋子里回荡。隔壁房间里只有姨父在一口一口地喝着闷酒。我不相信，曾经那么健硕的姨妈转眼就变成了这般模样。我还记得以前那么多个冬天，她把我揽到怀里，攥着我冻得通红的小手说：“有没有冻坏爪子？”

那是我第一次面对死亡，那时我还那么年幼。第二天晚上，母亲告诉我：“今后你再也见不到姨妈了。”那一刻，我突然就知道了死到底意味着什么，那是斩断你与世间所有羁绊的唯一方式。那是我第一次感受到生命的脆弱。生命本身充满了各种可能，充满了生的可能，也充满了死的可能。生命让人敬畏，我第一次觉得活着是一件多么幸运的事情。

还有我的爷爷。

想起他蹒跚的步履，在天井里缓慢地踱步，时而用一根铁钩捡起地上的梧桐叶，然后牢牢地攥在手里。他日复一日地背着手在天井里走来走去，偶尔扶着那棵高大的梧桐树望望天，然后又低下头去寻找地上的梧桐叶。

我想他的时间一定过得很慢，因为爷爷做什么都慢慢腾腾。有时他去赶集买菜，一段不长的路程我蹦蹦跳跳来回只需要十分钟，可是他却需要一个多钟头，他走得太慢了。吃饭时，他颤巍巍地把米饭端到嘴边都像是要经历一个世纪，等他把米饭缓缓地咽下，喉结艰难地滑动一次又回到原来的位置。年幼的我端着碗偷眼打量爷爷，然后模仿他的样子咽下一口唾沫。

有一次我让爷爷签午睡条，他艰难地用手握住铅笔，然后一笔一画地写下“今日午睡了”几个字，急得我在一旁抓耳挠腮。拿到午睡条，我在上学的路上打开一看，发现爷爷写的是正楷，并且很漂亮。

我想爷爷一定是一个有故事的人。

他方脸阔腮，浓眉大眼，依稀还能够看到年轻时英气勃勃的模样。可是奶奶天天对他冷嘲热讽，甚至大吼大叫，但是他从来都不说一句话，只是眯着眼睛打盹。他什么时候都能睡着，只要坐在凳子上就能慢慢打起鼾。每当这时我就慢慢地走近他，听他细小微弱的呼吸，看他偶尔略皱一下眉头，然后在他耳边大喊一声想要吓他一下，他只是缓慢地睁开眼睛看我一眼，又昏昏睡去。

我对爷爷已经没有太多的记忆，他是在睡梦中溘然离去的。在一个再寻常不过的中午，他吃过午饭像平时一样午睡，然后就慢慢失去了体温，带着所有的秘密，永远地停止了呼吸。我想在最后他也许已经意识到自己走到了生命的尽头，可是他谁都没有告诉，只是一个人，慢慢地赶赴死亡的盛典。

安宁，只有安宁，他的表情一如既往地坦然、平静，就像他随时还会醒来的模样。临死之前，他是否曾看到那个浑身散发着光芒的、雄姿英发的、年轻而有活力的自己呢？几十年蹒跚着步伐，在生命即将消逝的那一刻，他应该重新回到了那个奔跑在蓝天白云下的自己吧。爷爷一辈子度过多少个春夏秋冬我不知道，但是我知道，爷爷走的那天是春分，正是万物复苏的时节。

我用了很长时间去想象人死之后会是什么样子，人的肉体会重新变成尘埃返归自然，可是人的意识呢，它会就这样凭空消失吗？是否人死后就像睡着一样对周身的一切漠不关心也无从感知呢？在生与死之间是否有一个永恒呢？这个世间真的有轮回吗？千百年后再也不会有人记得那些曾经卑微存在的生命，那么他们的存在，到底意味着什么呢？

我想知道所有问题的答案，这些永远无法被人准确感知的答案。这些问题是如此困扰我，可是最终，有一点我想明白了，那就是我们一定要努力地向世间证明自己的存在，努力留下能够让世间铭记自己的痕迹，也向自己证明没有白走一遭。看到那么多人离我远去，我常常禁不住地想，倘若有一天我也离去，那会是怎样的光景，我想得头痛，想得发昏，想得毛骨悚然——最后我告诉自己，我还那么年轻，我要好好地活着。

我看向窗外，那些年轻的生命在奔跑，看不见的风一直在吹刮。在生生不息的轮回里，我希望所有的新生之地和死亡之地都开满了鲜花，新生的婴儿用微笑去迎接世间的第一缕晨光，逝去的老人用从容去面对世间的最后一抹晚照。而对于正走在从生到死的路上的所有的人们，为着尚还年轻的心，尚还健全的身躯，我们要对着自然大化、对着天地人间深深叩首。

倘若这世间真有天堂之说，愿天堂的花信风能够带来逝者对生者的慰问，愿人间的花信风能够带去生者对逝者的祈福。

四月清雨天

“小楼一夜听春雨，深巷明朝卖杏花。”

很久以前我读过一篇小说，作者在序言中说，希望自己的小说能够被人阅读两遍。这篇小说我阅读过无数遍，它的名字叫作《细雨淋湿的路上》。它在我的心里种下了一个美丽的梦境，那个细雨淋湿的江南，那个深巷曲折的江南，那个有着豆腐块一样的青石板路的江南，成为我心里最美的画面。

我对江南的幻想，那些最初从心底生长的柔软的江南印象，全都有赖于这篇文章。十年后，我坐在江南的一座小镇里，静静感受着四月江南的和风细雨，看到幽深曲折的小巷，看到雨水磨平光滑如镜的青石板路，看到楚明溪背着欧阳夏子在一条条小巷中穿梭，小女孩问小男孩：“你累不累啊？”小男孩说：“我背我的小媳妇不累呀。”他们的欢声笑语，还有小小的脚丫踩在青石板上发出的清脆的声响，一下一下地敲击在我的心里。都是梦里的模样。

那些美好又略带忧伤的故事，似乎只适合在这片多雨且多情的江南的土地上上演——我看见清明时节的弱雨霏霏，点染了一季的花开芳菲，那四月的细雨微微，打湿了和风里的呢喃燕语。

也时常想起家乡的雨。北方的暴雨，像狂怒的野兽，遥远的天边的乌云，像是渲染开来的一笔浓墨。想起那段幼时久住外婆家的一段时光。每当下雨，我伏在窗上，痴痴地向外望，隔着窗纱，嗅着浓厚的土腥气。抬头望去，高大的梧桐树的叶子在风雨中摇摆，檐下的燕子在梳理羽毛，沙沙的雨声铺天盖地，天井里的积水很快汇聚成溪流。院里时常响起咕嘎咕嘎的蛙鸣，它们都曾给过我无数的幻想。

“我喜欢晚上听落雨，大概便是从那时养成的。细碎的雨在那些屋顶上，在那些石板上，在那些芭蕉花的叶子上，在那些更远的河边的渡船上，落啊落……”后来我读到这篇文章，那字里行间都仿佛氤氲着水汽，朦朦胧胧的雨中江南的模样，在一个同样喜欢听雨的孩子的小小的心中，留下了深刻的印象。

“小楼一夜听春雨，深巷明朝卖杏花”是一种怎样的惬意呢？若干年之后，那些卑微的愿望，那些深埋的情结都随着我来到江南而一一实现。我站在乌衣巷里，看见前人曾留下的诗句“朱雀桥边野草花，乌衣巷口夕阳斜”；看见浸润在细雨里的古旧的青石板路，光亮得能倒映出天光和云影；旧时代的王屋谢坊，它们只是静穆地站在江南的微雨里不说话；还有曾撑着油纸伞走过的人们，他们最终还是走进了历史里。

细雨斜风中我曾撑着伞，走过满目苍翠的竹林甬道，走过岸边万丝垂下的杨柳。在一座古色古香的茶楼里，我推开木竹轩窗，眼前的一切都是故事里的模样。我伸出手去，触摸那些滴落的雨珠，感受它们在我手里轻轻地跳动，还有孩子们哗哗啦啦跑过青石板路的声响，成为我耳中一曲美妙的乐章。走上阁楼向外望，整个江南在雨水的浸润下闪闪发光，我看到远远的卵石滩上有一只旧旧的渡船。明溪在那株古老的樟树上荡来荡去，夏子不断地在树下喊着："你快下来呀。"

"有一天便又到了夏子外婆家的那条街上，他告诉我，这里叫西街。我点了点头：'西街，对吗？'然后我们就走过那条巷子，走过别的巷子，走过认识的不认识的巷子。再后来，我就走过了那个镇子，再也没回去过。"

那些忧伤的故事，那些被细雨淋湿的故事，在细雨如织中随风飘散。我想楚明溪会永远记得，那个午后，他站在那扇厚厚的朱漆大门前，听见里面传来欧阳夏子的一声清亮的叫喊："好哩。"那是他第一次遇见夏子。

故人临旧地

学校里常常挂起“热烈欢迎××级校友十周年返校”之类的横幅，小假期的时候这样的横幅尤其常见。每到这时，都会有一波又一波成群结队的校友，在校园里四处观览拍照，看看当年他们住过的宿舍楼、上过课的教室，还有曾经奔跑过的操场。

优雅的男人牵着美丽的妻子的手，一边走一边感慨曾经的生活，而年幼的孩子在一旁时而追逐一只蹁跹而过的白色蝴蝶，时而捡起地上一张干枯的红色树叶，我很羡慕他们，生活美满的时候能够旧地重游，缅怀逝去的青春年华。

回来的人们更多的时候是坐在操场上谈天说地，找到许久不见的老友然后拍照留念。有的时候他们在篮球场上打篮球，一边挥洒汗水一边对老同学摆摆手，说：“不行了，真的老了。”坐在旁边石凳上的女人正看着自己的丈夫，笑着说：“一把年纪了，快下来吧。”丈夫得意地说：“我还能再投个球呢。”

我不知道多少年以后，自己能否像他们一样自豪地重新回到这里。我想起自己的同学，他们每到假期一定会回一趟自己的母校，而我对于“母校”这一概念并没有很深的感触，无论初中、高中，还是我的小学，我觉得已经没有回去的必要。而我的大学，我今后还会回到这里吗？

有一天，我背着书包经过他们，突然发现，他们正在好奇地打量着我，他们能从我身上看到自己曾经的模样吗？我不知道，但我想我一定让他们感受到了年华不再的悲哀。

一年又一年的迎接新生晚会和欢送毕业生晚会交替上演，从开始到结束，短短的四年已经过去了大半。我记得与朋友看一部青春电影时，大屏幕上光影织就的高大白杨树，幽静的林荫小道，身穿校服的高中生或者大学生笑得灿烂明媚。我感慨地说："哎，到底是年轻啊。"朋友哈哈大笑，说："少年郎，你也可以的。"

我常常在自习室里看到那些埋头苦读的学长学姐，桌子上是厚厚的复习资料，他们都戴着耳机，用红笔和黑笔奋笔疾书，好像毅然决然、与世隔绝的样子。我也时常看到他们趴在一本单词书里，疲惫得好像怎么也睡不醒。我知道要不了多久，我也将会是这副模样。我们总以为美好的大学生活有四年，可实际上能够称之为"美好"的时光只有两年而已。我开始怀念自己刚进大学的时候，那时对一切都充满好奇、对一切都充满期望。我想起更早的时候，我对朋友说我要去江南，现在我终于我来到这里，并在这片永远都沐浴在斜风细雨中的土地上生活了几年。诺言都兑现后，下一站，我将到哪里呢？

恐怖梦境

我从小就一直在做一个恐怖的梦。梦里的村子是旧日的模样，而我站在不知道是子夜一点还是深夜两点的马路旁边。整个街道空空落落，夜色中的村落让人觉得压抑无比。我不知道自己为什么会站在这里，马路的一边是二三岁时我曾待过的一家小小的托儿所，另一边是爷爷家的院子，还有爷爷家旁边那棵粗壮的槐树。爷爷家正门面对一条小巷，我疑惑地走到爷爷家门口，看到红色的春联上几个漆黑的大字，再一抬头，看到春节时贴上去的或紫色，或黄色的，或绿色的纸帘，没有风却在自由地飘动。这时候奶奶却突然打开门，一脸诡异地对我说："你快进来。"我僵硬地走进门去，隐隐地觉得好像发生了什么，我看着沉寂在夜色里的小小院落，从这个诡异的梦境中惊醒。

我不知道这个梦境中的恐怖因素在哪里，但是我觉得恐怖，莫名其妙的恐怖，真正的恐怖。每次我都做这样的梦，每次我都是站在那条马路旁边，每次剧情只有稍微地不同。有时父亲也会出现在梦里，他在我耳边悄悄说："你站在这里别动，我马上回来"，然后我就一个人站着等好久；有时我会突然发现路边的小小水沟里居然有几只黑色和红色相间的巨大鲤鱼在游动，我好奇地看它们在窄小的水沟里艰难地扭动着身子，把小水沟搅弄得一团污浊。整个街道上永远都是空无一人，每当奶奶打开门一脸诡异地对我说“你快进来”，我就会从梦中惊醒。每次都是这样，我很想知道到底发生了什么，但是梦境似乎永远继续不下去。

我至今不知道这个梦境对我而言到底意味着什么，甚至当我现在用文字记录下这个梦境的时候仍觉得一阵毛骨悚然。我重复地站在那个几乎只有黑色和暗红色织就的场景里，而场景中的我好像一直都是四五岁，我不知道这些到底在向我昭示着什么。因为村子早就已经不是原来的模样，那条大马路已经很难找到它的遗迹，更不用说爷爷家的院子早就倒塌在了岁月的洪流里。

从未这样靠近你

有一天，我走到学校门口，一位家长问我："小兄弟，你们学校大体位于镇江什么方位呀？"我想了想，很不好意思地说："我不清楚……"那位家长又问我："你是大几的？"我尴尬地说："我快大三了。"然后在那位家长诧异的眼光里快步走开……

从那以后，我开始惶恐陌生人向我问路，我惶恐自己的迟钝，惶恐自己的麻木，惶恐自己直到今天还分不清哪个是东门，哪个是中门，更加惶恐在过去的两年的时间里，我竟从未仔细打量过自己身处的这座城市，这个总是被人们称作第二故乡的地方。

我不熟悉它的每一条马路，不熟悉路旁摊位的每一声叫卖，甚至对弥散在风里的这座城市的味道也感到陌生。这片我并未过多涉足的土地，我从未仔细打量过它，甚至连头顶的天空也不曾驻足凝望过。镇江留给我的印象，仅仅是一座似乎永远都在下雨的江南小镇，在众多个只有码字和翻阅书本的日子里，我对它的感知越来越弱，越来越弱……

我们用什么来记住一座城市，用什么来当作这座城市留给自己的印象呢？

有一天，我骑着自行车，漫无目的地穿梭在镇江拥挤的大街小巷，看到路边迎面而来的行人，飞驰而过的车辆，还有夜晚升起的霓虹，听到这座城市的脉搏和心跳，甚至还有这座城市的每一声喘息。平凡的街道巷景似乎比永远肃穆伫立、冷眼旁观的历史遗迹，有着更加动人心弦的力量。

此外，值得一提的还有朋友推荐给我的一首叫《吴哥窟》的歌曲，它在四处闲逛的我的耳边循环了整整一个下午。从此这首歌也不经意地变成了这座城市留给我的印象，让我每每听到这首歌，便想起那个下午，想起那座叫镇江的城市。

灵魂最初的眺望

一

我一直坚信，文字远比语言强大。语言是一种即时的反应，仅仅满足人们交流的需要，会因为地域的不同而存在差别，它是苍白的；文字则是人们经过深思熟虑后码下的精神密码，能够震古烁今，超越了地域的限制，它是深刻的。文字又可渲染、可描摹，对于文字的掌控就像是对于一件艺术品的精雕细琢，其表现力远在语言之上。然而文字也有其自身的局限性，在这个世界上有些东西是文字表达不出的，比如爱，比如乡愁。

“有些事只适合收藏。不能说，也不能想，却又不能忘。它们不能变成语言，它们无法变成语言，一旦变成语言就不再是它们了。它们是一片朦胧的温馨与寂寥，是一片成熟的希望与绝望，它们的领地只有两处：心与坟墓。”史铁生在《我与地坛》里曾这样说过。我在想，无论多么高明的作家，在贴近内心最柔软之处时，也必是一番踟蹰，千言万语如何才能化作纸上微莲摇曳？万千思绪如何才能化作笔下细流涓涓？因此，更多时候人们借助文字去无限地接近某些感情，这些感情迫使人们虔诚如信徒般呕心沥血地一遍遍将其细细刻画和描摹。

不免想到，自己最开始拿起笔尝试着表达些什么的模样。我永远记得很多年前那个阳光灿烂的午后，年少的我坐在书桌前，第一次拿起笔为那个我暗恋着的女孩写下一封永远也不可能寄出去的信，并以此来埋藏那些曾经希冀过的美好。那些柔软的感情，就被我轻轻地放在那里，我永远也不会再用笔将它细细描绘，但也永远别以为我会忘记，因为这是一个关乎爱恋的秘密。我想，这样一个执笔的原因、这样一个卑微的起点——应该可以渺小到使自己脸红了吧。后来我开始懂得，关于爱的一切其实都不卑微，因为有那么多诗人和作家，他们的执笔，往往是从一段纠缠不清的爱恋开始的。

这是文字对于我的意义，它在我心里有着崇高的地位，就像园丁要辛勤侍弄他的花朵，画家要刻苦描摹他的大作。

一个人写作应该有其固有的出发点，中学时的语文老师曾告诉我，写作之人应当怀有对人世的普遍关怀，并将自己丰富的感情寄予其中。后来，我开始慢慢感受到，文字所能描绘的，其实还可以更加广阔。我尤其喜欢史铁生对于“写作的零度”的理解：写作的零度即生命的起点，写作由之出发的地方即生命之固有疑难，写作之终于的寻求，即灵魂最初的眺望。所谓生命之固有疑难，正是人生在世，不如意事十有八九，心有所虑以致夜不能寐，故将无边心事投诸笔端，这就是写作开始的地方吧；所谓灵魂最初的眺望，是对人性本善的回归，这就是写作之终于的地方吧。

所以，无论什么时候，写作都是件神圣的事情，执笔之人应对它心怀虔诚与敬畏。倘若执笔的动机就已经背离了写作固有的出发点，那就不如不写了。

二

我不想写说教意味很浓的东西，仅仅想对“文艺青年”一词本身表达自己的看法。也许是我小题大做不可理喻，可是作为一个习惯用文字表达的人，文字在我心里始终是一种严肃、严谨的存在，我不能容忍它掺有任何杂质。

我想大凡是对文字怀有一点信仰的人都不会喜欢自己被冠以“文艺青年”这样的称号。偶尔别人看到我写的东西，会对我说：“哟，是个文艺青年呢。”每到这时我总是义正词严地否认：“我不是文艺青年。”

一方面是因为我不喜欢被定义，我不喜欢自己身上贴着什么标签，标签让一个人变得扁平，并总是无形地影响人们对他的判断，这是不公平的。人毕竟不是凭借一个标签而存在，人的认识毕竟不能被一个标签所限定。标签也会让人感到压力，我不想在重压下丧失对文字的乐趣，我想保持对于文字的自由。就像有朋友对我说的：“你走文艺路线走得不错嘛。”说的好像走文艺路线是我早有预谋有所企图一样，我也会郑重对他声明我不会走文艺路线，尽管我还在不断地写，可是我还是想去否认。

另一方面是因为“文艺青年”降低了人们对文字本身的关注，这一词似乎包含着耐人寻味的笑谑调侃的意味。人们口中提到的“文艺青年”，更多时候是指那些无所事事，伤春悲秋，写一些矫情的文字吟风弄月、附庸风雅的人。正因如此，态度认真的写作者才会排斥“文艺青年”这样的称谓。大凡态度真诚的作者，对待文字往往字斟句酌，倾入大量心血，那不是“文艺青年”四个字就可以概括得了的，我希望有一个更加严谨的称谓。就我自身而言,“写手”比“文艺青年”这样的称谓更能让我获得自我认同。文字是自我安慰的法宝,是消遣寂寞的良药,它寄予着我太多的情绪,承载着我太多的记忆,它对我的意义是非比寻常的。我希望自己的文字能够给别人留下深刻的印象,而不是在人们阅读后仅仅得出“我是文艺青年”这样的结论。

这其中的感受恐怕只有真正的写作者自己才能体会。我不敢说自己有多么热爱文字,因为始终觉得我还不具备去热爱它的能力和资本,担心并不优秀的自己说热爱文字会被人耻笑。说白了,我是一个敏感而在意别人眼光的人,“走自己的路,让别人说去吧”这种潇洒的态度我是做不到的,我的内心深处也很清楚这一点。就像我常常对别人说自己是一个天性拘谨的人,不太习惯别人过于热情的表达。我也很向往那种潇洒坦荡、快意恩仇的人生态度,可是我做不到。

有朋友对我说:“你一直都是这样,总是喜欢解释,害怕别人不懂,害怕别人误会。”我突然想到,好像真的一直都是如此,即便是我写下的这些东西,好像本身也包含了这样一种因素。这似乎变成了我的固执,甚至是偏执,这也是没有办法的事情。毕竟一个人走得太久,无论是文字表达还是言语表达,总是习惯性地细细斟酌。

杂想略记

一

有一天我突然想到一个问题，假如我拥有唯一一次乘坐时光机回到过去让一切重新来过的机会——我是否能够毅然前往。

我犹豫了很久，我有着想要回去的充足理由，例如许多想要完成的事情未能完成，例如很多遗憾本来可以避免，例如可以再努力一点让自己更加优秀，例如一段压抑的时光本来可以很快乐地度过。

我总是下意识地认为如果一切重新开始，那么生活就会变得更好。可是有一天我突然想到，即便是我回到过去，很多事情的发生都将无可避免，很多故事也不过是一遍一遍地重新发生，重新上演，因为人的性格不会改变。

尽管我对长大这件事还有着些许的抗拒，可毕竟我才刚刚走过生命历程的几分之一，我还那么年轻，我的人生旅途还不够完整，很多接下来的故事还没有上演，我不能就这样轻易地否定自己所经历的一切。无论痛苦还是快乐，它们对我而言都有着难以言说的重大意义。

其实能否回到过去并不是一个重要的问题，做出什么样的选择才是最重要的。我曾经看过的一部电影，讲的是一个为情所伤的剑客走遍千山万水寻找忘情水，终于有一天他找到了，可是当他端起酒杯的那一刻，往事一幕幕地涌上心头，他开始犹豫，开始愁肠百结，然而最后他还是大喝一声，一饮而尽。其实那碗里并不是什么忘情水，不过在他一饮而尽的那一刻，喝到嘴里的，无论是普通的水还是忘情水都已经不再那么重要。

二

仔细想想，其实我们无从判断自己生活的世界是否真实。

就像一场大梦，我们无从判断自己是否仅仅生活在一场比较真实的梦里。当我们在睡梦中，尤其是在噩梦中时，每当我们临近死亡，我们就会从睡梦中惊醒。然而在现实生活中，例如当下，我们如何去证明呢？

很久以前，我的朋友对我说："我觉得这个世间好像只有我自己才是最真实的，其他所有的一切，都是上天安排好来试炼我的。"我问："那就是你觉得其实这个世界不真实咯。"他犹豫地说："也不全是。"我进一步追问："那你觉得我真实吗？或者仅仅是上天安排来试炼你的？"他便不再说话。

很多问题其实我们无法回答，很多事情我们也无法得到真正的认识。后来我想，倘若人与人之间能够真正地相互理解，也许我们能够找到问题的答案，可是再后来我知道，人与人之间真正地相互理解其实也很困难。

初三下晚自习的一个晚上，我走在走廊里突然脚下一滑，然后就失去了知觉。等我醒来时，我已躺在医院的救护车上，我的母亲还有班主任在一旁一脸关切地看着我，我有点眩晕。我问母亲我怎么会在这里，医生示意我不要说话，然后推着我去给大脑拍片，结果是有轻微的脑震荡。那天晚上我躺在医院里挂水，一晚上迷迷糊糊半睡半醒，母亲一直在旁边守着。期间我的针鼓了好几次，第二天醒来胳膊上好几个针眼儿，母亲问我知不知道发生了什么，我想了想，摇了摇头。

我开始头痛，我不仅记不起为什么会躺在医院的病床上，甚至连最近一段时间发生的事情也全都记不起。医生走过来嘱咐我最近一段时间别用脑，慢慢就会想起来的。后来我的记忆一点一点恢复，我开始想起那天晚上楼道里有积水，很滑，而我没留心，摔了一跤，仅此而已。

后来我常常有这样的幻想，在那次不大不小的事故后我离开了人世，只有我的灵魂孤独地在世间行走，我所看到的一切，都只是我的幻想。我的幻想当然无法向人去求证，我不能问别人"喂，你是真实的吗?"就算别人不以看精神病人一样的眼光看我，并且给予我回答，别人的回答又是否真实可信呢？我说过，人与人之间的相互理解是很困难的。

那么我们为什么被安排来到这个世界，我们为什么而活呢?

有时候当我们凭借自己那点微不足道的感知来思考世界的本质的时候，便自然而然地会思考这个问题。我想了很久，发觉这个问题其实我们永远无法解答，或者说我们永远无法找到一个统一的、普遍的答案。

举个最简单的例子，一支铅笔，或者一张白纸，它们为什么来到这个世界呢？它们来到这个世界当然是供人们写写画画，毕竟是人类制造的它们，这个问题是清楚明了的。那么，人类为什么来到这个世界呢？按照刚才的思路，人类其实就像铅笔和白纸一样不能自知，只有人类的制造者或者安排者知道人类为什么要来到这个世界，那么人类的制造者是谁呢？是神，还是上帝？或者道？或者大化？它们能告诉我们答案吗？当然不能。

于是后来我就想，与其去思考人为什么活着，不如多去想想人应该怎样活着。

三

习惯是一件很可怕的事情。

大一的时候几个人跟着导师做实验，通过大白鼠来检验饲料喂养效果。学院实验楼里饲养着不同种类的老鼠，我第一次见到那么多的不同品种的小老鼠，它们在饲养笼里活蹦乱跳，撅着鼻子四处乱嗅，小眼睛亮晶晶的，很可爱，我们都忍不住拿出手机拍照留念。

随后我们将七个装有大白鼠的笼子带进实验室，我知道等待它们的或许是死亡，但是却没想到是以一种极其残酷的方式。

我们要做的其实很简单，首先用乙醚麻醉大白鼠，当大白鼠开始意识恍惚醉得站不起来时，一个人用手紧紧地固定住大白鼠的身体，另一个人狠狠地掐住大白鼠的头颅然后用镊子撮掉它的眼珠，等血液流出来的时候，第三个人抓紧时间用小试管取血样。我就是第三个人。要时时面对大白鼠那张痛苦挣扎的脸，还有它死死地看着我的另一只眼睛。

第一次做的时候我会皱紧眉头并尽量不去看大白鼠的痛苦表情，这样就会让我找不到最佳取样位置，导致很多血样被浪费掉。剧烈的疼痛让大白鼠逐渐恢复意识，它一边吱吱乱叫一边甩头，大量的血液溅到我的胶皮手套还有工作服上。我的头皮一阵发麻，因为我已经凉透的手能够感受到大白鼠血液的体温。

我跟导师提出能不能换个位置，导师轻描淡写地说，没事儿，锻炼锻炼。那时候我突然发觉戴上口罩的另一个好处，那就是可以尽量掩饰自己的情绪和面部表情，只把一双眼睛暴露在外面，可以假装自己什么都不怕并且很冷静的样子。

取完一只大白鼠的血样，又取了另一只大白鼠的血样，当重复地取完十只二十只，甚至五十只时，我开始变得麻木，变得熟能生巧。我的胶皮手套早就沾满了血液，我甚至懒得去擦一下，对大白鼠凄厉的叫声也早就充耳不闻。大家与我一样，只有一开始的时候有一些交流，慢慢地只是机械地重复，谁也不再说一句话。

当我用剪刀为一只只大白鼠开膛破肚的时候，它们的尾巴还在甩来甩去，四肢还在不断地抽搐，甚至它们的心脏还在一抖一抖的。然而这些再也不会让我感到惊讶，我越来越麻木，豁开肚皮，摘洗器官，然后拍照，一连几天都在这样的光景中度过。

后来实验终于做完了，大家都松了一口气。但是从那以后我开始害怕老鼠。我的室友在宿舍里养了一只小仓鼠，平日里大家都喜欢逗它玩儿，而我对它避而远之。虽然我知道那些大白鼠原本就是被饲养来为人们服务的，但是我想我以后再也不要做这种实验了。

四

失眠是一件很痛苦的事情。

真正的失眠常常是大脑什么都不想，但是人的感官却很清醒，甚至敏锐。大脑脱离了人的掌控，就像一架摄像机，操作它的人早就离开，而它还在不断地工作。当我忍受不了自己的失眠时，我就会观察自己闭上眼睛所能看到的那些东西。我看到了什么呢？当然不仅仅是黑暗。

我常常看到黑暗的深处是一点亮光，这一点亮光离我越来越近，可当我想要努力辨清这点亮光时，它又离我越来越远，然而我还是要聚精会神，以避免这唯一的亮光消失。此外，我也时常看到一些杂乱的闪着亮光的线条，它们不断地来回跳动，然后组成不同的形状。每当我想要集中精神看清一些东西的时候，它们又会倏忽消失，捉摸不定。为此我常常需要维持自己的意识在迷离朦胧之间，这样才能好好地观察它们。

年幼的时候，半睡半醒之间，我常常能够自由地操纵这些线条并进一步去构造自己的梦境。例如我渴望拥有一辆电动小汽车，它就会从黑暗中逐渐显现并且越来越清晰；我想开一家奶油蛋糕店，那么奶油蛋糕的形象就会逐渐出现在我的意识里。当我幻想的这些东西越来越清晰的时候，我就逐渐走进了梦境。我常常为这样的梦境欣喜不已，并为自己拥有能够构造梦境的能力感到沾沾自喜。

后来，这样的能力慢慢就消失了。每一个难以入眠的深夜，我闭上眼睛，依旧能够看到那些线条和亮光，可是我已经不再能够掌控它们。它们只是散乱地搁置在我的意识世界里。

溯流滔滔，终行于海

——读《大地上所有的河流》偶有所感

大地上所有的河流都要汇入自己的海洋，所有的消耗都被忍受，所有的痛苦都被经历。无论奔涌向前的河流曾经怎样相互交织，汇入海洋后一切都将归于沉寂，曾经翻涌的记忆，都化作海上浪花点点，稍纵即逝了。

这就是大地上所有的河流，生命的轨迹亦如是。

作者维舟在书中曾这样提及《大地上所有的河流》对于他自身的意义，“对我而言，它的意义不是文学性的，而是功能性的，即自我治愈和自我埋葬。”我尤其喜欢书的扉页——那是一片黑墨渲染出的层层远山，肃穆而凝重，那是作者维舟对于青春往事的缅怀与祭奠，还有书的扉页上的一句话——你忘却的，有人一直替你记着。

我常常在想这本书吸引我的东西，是优美的语言，是书中描绘的真挚友情，还是那个只有书信往来的时代背景？都是，又都不是。在满目琳琅的青春文学里，只有这本书让我不断地去阅读，不断地去感受，是因为相似，因为向往，更因为作者的真诚。

作者在第一辑中勾勒出的那个高中时代，是我在那沉默而寂静的中学时代里从来不曾感受到的。我也很清楚，要去感受这些东西有多么不容易。因为持着这样的歆羡与向往，我捧起了这本书，或者说，是这本书自己来到了我的眼前。

直到今天，我依旧说不清楚那段中学生活对于我的意义，并不是没有什么开心的事情值得我去记叙，只是这样的时候实在乏善可陈。在一个只在乎学习成绩的时代，我写不下什么积极的文字去赞扬它。高中毕业的时候，我对自己说，终于结束了，六年的时间，终于过去了，再来几天我都快撑不下去了。我只想赶紧离开那段生活，可是那段生活也有太多塑造我的因素，最起码它曾让我快速成长。我感谢它，同时也恨它。

是的，我的高中时代远不如作者在第一辑中描绘得那样多姿多彩。

我永远都在沉默地做自己的事情，越沉默，越迟钝，也越敏感。我很少去关心别人的事情，因为所有人在乎的只有班级排名。这也许仅仅是我自己的偏执——因为没有与任何人结下亲密的友谊就妄断其他人都跟自己一样，但是我相信，无论曾经关系多么紧密的人们，终将在今后的生活中渐行渐远。就像作者维舟在书中所讲述的，人生的第一个十八年后，他还能够清晰地将往事铺纸描摹，可是第二个十八年后，连作者亦坦言，曾经朝夕相处的那一群人早已渐渐断了音讯。而我不过是在早一点的年岁意识到了这些。

就像如今偶尔会联系的一个高中同学对我说的，他上大学已经两年了，依旧在努力地维持着与高中同学的情谊。我对他说："何必呢，短短的三年能够给大家在将来回忆起时留下一个好的印象，就已经足够了。一些人是早晚要散的，就像你说的，我们才不过高中毕业两年，一些感情已经需要靠努力才能维持得住了。"他说可是他还是想要去挽留一些东西。我对他说："倘若再坚持，最后只能是不断地失望，因为没有多少人能够像你一样，生活从来就是如此。”然后他就不再说话。

跟他说完这些的时候，我突然就意识到了自己的残酷。不知道从什么时候开始，我已经渐渐丧失了曾经那些带有浪漫色彩的东西，我已经不再相信那些天真的幻想，我变得越来越现实，以至于常常用审视的目光来看待自己，看待自己的生活，这让我觉得自己有些可怕。其实我能够理解他的不甘，他一直都是中学时代的尖子生，相比我而言，他对那段生活投入了极大的热情，他想去守护的东西，多年前我也想过去守护，只是我逐渐在失望中放弃了努力。

当我回头审视那时候的自己，似乎一路走来并没有什么可以激起我生命中的涟漪。所有留在我脑海中的记忆片段都是淡淡的，只不过是被自己无意识地记下，我自然不会把它们珍藏在心底，所以它们也很快会被岁月的疾风剥蚀风化。在我进入大学的很长一段时间内我都这样认为。

作者的回忆录在开始写的时候，曾引起书中真实人物的广泛传阅，然而，不管是书中的林载欣、林沛然，还是雨棠，在读罢后都表示原来高中时代竟有那么多事值得书写，在此之前他们都曾觉得那段岁月是那么枯燥无聊。那么对我而言，是否也如此呢？是否在那段沉静而迷茫的岁月里，亦有什么珍贵的东西因为被稀释进了长长的时光之河里，所以显得不那么外露，而使我浑然不察呢？我不知道。

终于有一天，除了那仅有的一点记忆，我们所有的记忆都将不同，就像大地上所有的河流，渐渐地走向不同的方向，彼此再难汇合，一切不过是一段不知不觉的旅程。正如诗人所说，走过的人说树枝低了，走过的人说树枝在长。但不管怎样我都相信，那些曾在我生命中出现的人，哪怕多少年后，我已经忘了他们并与他们再无丝毫瓜葛，他们于我也必有存在的意义。是的，我的成长来源于他们，我要感谢的人也是他们。

2013年3月15日，作者的少年密友兼一代学者张晖逝世，维舟在本书的第二辑里用饱含深情的笔墨写下“平生风义兼师友——怀念张晖”一文来缅怀他们共同走过的那段青葱岁月，以示张晖其人虽逝，但其学人精神不死。

我的一位年轻的大学老师，曾经在课堂上偶然提起张晖，他不无感慨地说张晖曾是他老师最得意的门生。这也曾让我感慨万分，我感慨自己的老师与张晖是同门，也感慨自己早已在作者维舟的讲述中感受到张晖身为一代学者之风范，并且看到了他是如何一步步地成长。他的青春，他的年少，他的梦想，早就成为我脑海中一幅幅鲜活的画面。

我读过张晖著作的《无光无声集》，书中他对文学意义的追问，也曾给我不少的指引。那是我最向往的模样。可是我走了不少弯路，整个大学已经过去了一半，在仅剩的两年里，我能否拿出一份让自己满意的东西，至少稍稍能够与大学时代的张晖相媲美呢？我不知道，我只知道我要更加努力。

书的第三辑《一个夏天分两次结束》讲述的是作者在那青涩岁月里的一点朦胧心事，那些青春期的躁动，那些最隐秘的柔软。维舟讲述的一切，无不让我想起自己，尽管一段故事略有差别，可是在那段青春往事中，感受和体会却不尽相同，我对自己的青春往事已经讲述得够多，此处也无须再多说些什么。

在书的最后一篇文章《当时我并不知道》中，作者如是写道：

> 然而我也深知，这样的追忆与其说是某种特权或义务，不如说是一种愚行，说到底，那不过是那个世界

在我自己内心投下的长长影子，大部分的人物，也不过是留在我内心的影像。因为太多事尚未开始就结束了，很多话也就从未说出口，整个回忆不免充满了欲言又止的意味。既未说分别，又无长久的交往和共同的生活经历，又哪来的共同记忆，写下来也好吧，至少让人见证，我们曾那样生活过。

我喜欢这段文字，并将这段文字全部引下。慢慢地我也看清，用“写”的方式去无止境地缅怀过往是一种愚行，而回忆往往是一种容易让人上瘾的东西。其实仔细想想，过往发生的一切都充满了偶然，整个世界都不过是我的心投下的长长倒影，既然如此，自己又何必执着呢？所有的人都将踏上自己的生命轨迹，不再拥有相同的记忆，成长的路上我们可以呼朋引伴，然而终将默默独行，我们能做的，就是让自己边忘怀，边坦然。

第五辑

痴儿，义无反顾

如果你要追逐黑暗
那么我将发誓不再看到光明
如果你要驾雁东去
那么我将勒马不再西行
如果你要逃遁世界
那么我将永远沉睡不再苏醒
痴儿，义无反顾

那些花都到哪里去了

很久很久以前，我们站在不同的极点
永远不会相遇，因为没有站在同一条经线
简简单单地幻想着一切，原来都是自己骗自己的谎言
这故事的结尾是谁在向谁暗示再见

黑夜里的孔明灯是否可以照亮一切
手中的纸鸢断线就再也不见
我站在生命的中点，不想再迈向前

为什么没有你，天空会这么黑暗
为什么没有你，花儿这么惨淡
为什么没有你，世界会一点点深陷
为什么没有你，凡尘万物不胜苦寒

就这样向前走，时间的尽头你再也不见
如果一切又回到原点，是否还愿意再次相见
今世五百次回眸，能否在下世换你一次回头

为什么花不再绽放

为什么鸟不再歌唱

为什么悲伤逆流成河

为什么心冰冷成砣

我荡着秋千梦却不甜

我习惯了执着，所以我从不后退
我习惯了坚忍，所以我从不流泪
我习惯了假装，所以我从不颓废
我习惯了承受，所以我从不疲惫

我习惯了失去，所以会对那些仅剩的拥有倍加珍惜
我习惯了一个人，所以会对别人偶尔的关心心怀感激
我习惯了保持安静，所以不会因患得患失而或悲或喜
我习惯了做一个旁观者，所以会偶尔同情别人的当局者迷

我荡着秋千，梦却不甜

一路向北

青砖黛瓦都在眼前
一路弥漫的雨天
音乐要循环几遍
才能想起你的脸
细雨横斜的窗檐
像眼泪划过的天边
渔火跟我的思念
刚好都是一点两点
列车一路向前
时光用什么渲染
怎么说出再见
别了讯景和光年

一季风吹，一季雨落

就像那年荼蘼花事无言
旧时燕寻不到来年堂上的屋檐
那年长亭外曾有繁花点点

道是此去经年
往事随风谁能看见
王谢梁前也曾有燕语呢喃
道是梓泽丘墟
易岁枯荣谁能发现
兰亭泽畔也曾有水光潋滟

似水流年都是经风消散的袅袅青烟
三千浮夸都是枉自嗟叹

匆匆年华铺就的满纸繁华
笔底细细勾勒的年少一夕雨下
犹记那年，翠雨芭蕉、花开半夏
拂面的微风终于不再说话

青草年年春

青草年年春，落雨的江南被淋湿几分
那年少，背对野村不肯转身
再听一曲雨纷纷，旧故里草木深

饱蘸狼毫，墨行能有几分
情长几寸，怎下笔都太狠
细雨打湿了听闻，那年少手掩空门
累世情债，还是遗失了几本
韶华不争，几时落满红尘
残灯孤影照山门，阶阶斑驳老树根

谁道岁月无痕，那经年老桩布满年轮
谁是认真，那青史记载几人
细雨斜风阵阵，花意染那年少衣袂几分
因一字春深，北望雁过，回头不肯

从未这样靠近你

华年十二章

檐雨侵墙，旧时光斑驳了谁的模样
一袖月光，谁拢作笔底三两诗行
一水相隔两望，经年两鬓飞霜
旧年的雨打湿谁的白裳

谁藏着红烛，谁静对西窗
谁眼底染着哀伤，一点蹙眉初上
孤灯难掌，谁望断远方
烛火微曳，谁把归途照亮

怅坐对夜凉，谁人唱离殇
不见朗月照西厢，湖心微颤难思量
谁贪半盏微凉，谁掬一捧韶光
谁自去千里难忘，谁镌刻华年十二章

你眼里的笑说，是我心恃的般若

年少的梦是什么颜色
年复一年的花开花落
你眼里的笑说
是我心恃的般若

静静描画的时光剥落
细细勾勒的年华婆娑
我手里的小小萤火
能否照亮无边的夜色

用沉默，唱一首歌
没有人和，也可以自斟自酌

有多少记忆变成蹉跎
还有一路成长的颠簸
岁月遗落的痕迹
在沧海桑田里失色
我用指尖小心地触碰

那些过往走过的曲折

就像微风拂起的水波

在地老天荒里等待着湮没

——用沉默，唱一首歌

最后的话

广汉渺渺，其星灼灼

“再见，再见！”这句话一直在我心底回响，是对谁说再见，是对我吗？其实长久以来，不要说别人，即便是我也不能真正地了解自己，因为我就活在当下的剧本里，想跳出局外，感性地生活、理性地处事，那要等很久以后才可以。

而我一直在等这一天，等能够平静执笔记录的这一天，等所有值得记忆的东西都被我描写殆尽的这一天。我不断地翻看曾经写过的东西，那些让人尴尬和难过的情绪会不断地提醒我曾经拥有过的生活，并告诉我，我所期待的日子远远没有到来，我还需要不断地准备。直到有一天，我发现自己笔下的文字再也不会让自己脸红心跳，它们对我而言开始拥有纪念和深刻的意义，我知道，这一天终于就要来了。同时也知道，我的成长正在慢慢减缓，我为之高兴，也为之难过。

我不厌其烦地诉说着一个时代的开始，一个时代的结束，但那到底是怎样一个时代啊？那不过是岁月长河中的一个小小阶段。我一直都是一个敏感的孩子，在一段兜兜转转的人生旅途中不断地寻找，不断地感受，所有的喜怒哀乐都被我不断地放大，一切便有了“为赋新词强说愁”的意味。那些本来微不足道的东西在那时的我看来，是那样庞大。少年人未必总是无病呻吟，只是因为阅世尚浅，还不懂得怎样把一切删减得只剩下深刻。

我曾经说，不断地写，是为了不断地缅怀，可所有值得缅怀的东西都已经被写下，我是不是也应该搁笔作罢了呢？我的内心日渐麻木，我敏锐的感知正在逐渐迟钝。我穿越过一条条大街小巷，登上过一座座巍峨高山，伫立在每一条长江大河的岸头，眼前的行人，脚下的行路，吹拂而过的微风，以及太阳、落雨、光明、黑暗，它们都很难再来触动我。我戴着耳机听着音乐，目不斜视地奔跑着，一路向前。我还能够感知到多少东西，我还能够用笔描绘多少东西？

有一天我终于发觉，我已经回忆得够多，生活在过去的时日也已经太久。我耗尽青春岁月里所有的情绪，把它们写成笔下的十几万字，可这十几万字无非是对旧时旧日无法割舍的怀恋，更何况我已经清晰地预感到，一条路就快走到尽头，我还能够为自己找到一个执笔的理由吗？我越来越冷静，越来越理性，那些寒冷而坚硬的东西也慢慢向我靠近，前方迷雾缭绕的深处，我已经看到了它巨大的黑影，要么停船靠岸，要么窒息搁浅。

其实我要感谢年幼时候的我，不知道出于什么原因，我开始有意识地保留自己的所有日记。终于，我知道了，我是在等待这一天，等那个年幼的我穿过长长的时光之河来到现在的我的身边，微笑着对我说："一切都交给你啦。"我微笑着回应："一切都交给我吧。"这使我在缅怀过往时不再觉得旧事如烟，虚无缥缈。让我在感知到很多东西就要结束的时候，还能够为自己留下一些值得纪念的东西。曾经写过的所有文章，它们都无可避免地打上了我在那个时代的烙印。那时的我根本无法定义自己所处的是一个什么样的时代。只有等很久以后，我才能慢慢看清它的轮廓，就像生活在中世纪的人，不知道自己生活在黑暗的时代一样。

我看着自己那时候曾那么急切地想要向人证明些什么，昭示些什么，并不厌其烦地用缠绵悱恻的长句诉说自己的悲伤，怀念那时候的模样，倔强的、固执的、不肯妥协的模样。但是我再也不想回到那样一副面孔。

很多东西都慢慢怠于向人诉说，因为未必有人愿听，也未必有人愿懂。归根到底，人生是一段孤独的旅程。但我依旧会珍重自己的文字，那些饱含着我深挚感情的语句，我会永远为自己记得。我把一些记忆完整地放在这里，对我而言，这样就不会再为它们被我遗忘而感到惋惜。还有那愿听愿懂的人们，当他们向我询问我的生活时，也可以让我避免头脑中有太多想要诉说的东西却又不知从何说起的尴尬。

消逝的昨天

“燕子去了，有再来的时候；杨柳枯了，有再绿的时候；桃花谢了，有再开的时候。但是聪明的，你告诉我，我们的日子为什么一去不复返呢?”

岁月在不断地向前涌进，我乘坐着一叶扁舟，安静地行驶在这洪流之上，然后开始默默地成长。过去的时间，就像沙滩上的脚印，在海水的冲刷下，渐渐消失模糊。时间的马车昼夜不息地向前奔跑，你是否在意过时光是怎样从你指尖溜过，它真的就像一滴水滴进海洋那么简单吗?

昨天，我背着书包，第一次走进学校的大门，第一次怀着自豪的心情坐在窗明几净的教室，第一次站起来回答问题，第一次受到老师的训斥。太多的第一次，它们不断地激起我生命中的涟漪。直至今天，我已经不记得自己是怎样在一次又一次的尝试中慢慢长大，慢慢懂得越来越多的道理。

四岁那年，我仰起童稚的面庞，告诉外婆，十年后我就长大了。转眼十年已经过去，而那些陈年旧事仍旧那么清晰，就像是昨天刚发生过。十年后，我真的长大了吗？当我蓦然回首，如今所看到的一切，曾经是怎样的望眼欲穿啊。时间到底是一种什么样的存在呢？

燕子去了有再来的时候，杨柳枯了有再绿的时候，那么聪明的，请你告诉我，我们的时间为什么一去不复返呢？

这是我刚上中学的时候写在日记本上的一篇文章，今天读来仍旧能够感受到那时候我的所有惶恐。在随后的几年里，我不断地去感知时间，感知成长，可我还是不能够回答自己的疑问。时间和成长，到底对我们意味着什么？我们正在经历的一切，有多少是能够自知自觉的呢？

一个人不能两次踏进同一条河流，一个人也不能两次走在同样一条路上，我曾走在那条我走过三年、陌生又熟悉、去往高中学校的路，心里这样想着。但是我知道，我只是远远地走近它而不是走进它。三年前我刚进入学校，不知道会怎样度过这三年，三年后我依旧不知道是怎样度过这段生活的，整个高中时代，已经无可缅怀也无可挽留。那时候，最大的愿望是希望在不久的将来，能够遇见另一个自己。然而慢慢地我开始相信，世界上再也不会有另一个我，即便是有，我也会对他避而远之。那时我站在学校的铁栅栏外，定定地看了一会儿那灯火通明的教学楼，然后转身离开。整个朦胧的夜色，也变得不真实起来。

我从未这样靠近你，我从未这样靠近我自己。

传说中阿波罗神庙的门楣上篆刻着一句话——“认识你自己”。是的，人只有先认识自己才能更好地同这个世界相处。而我采取的方式就是不断地回忆，可是有一天我突然发现，不断地沉湎在回忆里会让人逐渐丧失面对当下和未来的勇气，更何况哪怕仅仅是认识自己，也是一个没有穷尽的过程。

总是执着于自己一定会忽略了身边的环境，从而渐渐离群索居，圆滑而不落窠臼的处世之道，本来就不是一件简单的事情，也是我长久以来都没能学会的事情。但是我相信一定有一种方式可以圆润地从属于这个世界，我会不断地去寻找。

写到这里，我突然发现，长长的回忆就要写到最后的时候我开始混乱，想来这一切都不过是我一个人的喃喃低语，想来也不需要再说些什么了。